JN020369
突き上げられるたびに露わになった胸が揺れ、
尖った先端がアロイスの服に擦れて、甘い刺激が生まれる。
「ぁ……っ……んぅ……っ……は……っ……あぁっ……」
外にまで聞こえないよう声を押さえようとしても、どうしても出てしまう。

虐げられ令嬢は完璧王子に愛されて幸せを掴む

～婚約破棄からの逆転花嫁～

七福さゆり

Vanilla文庫

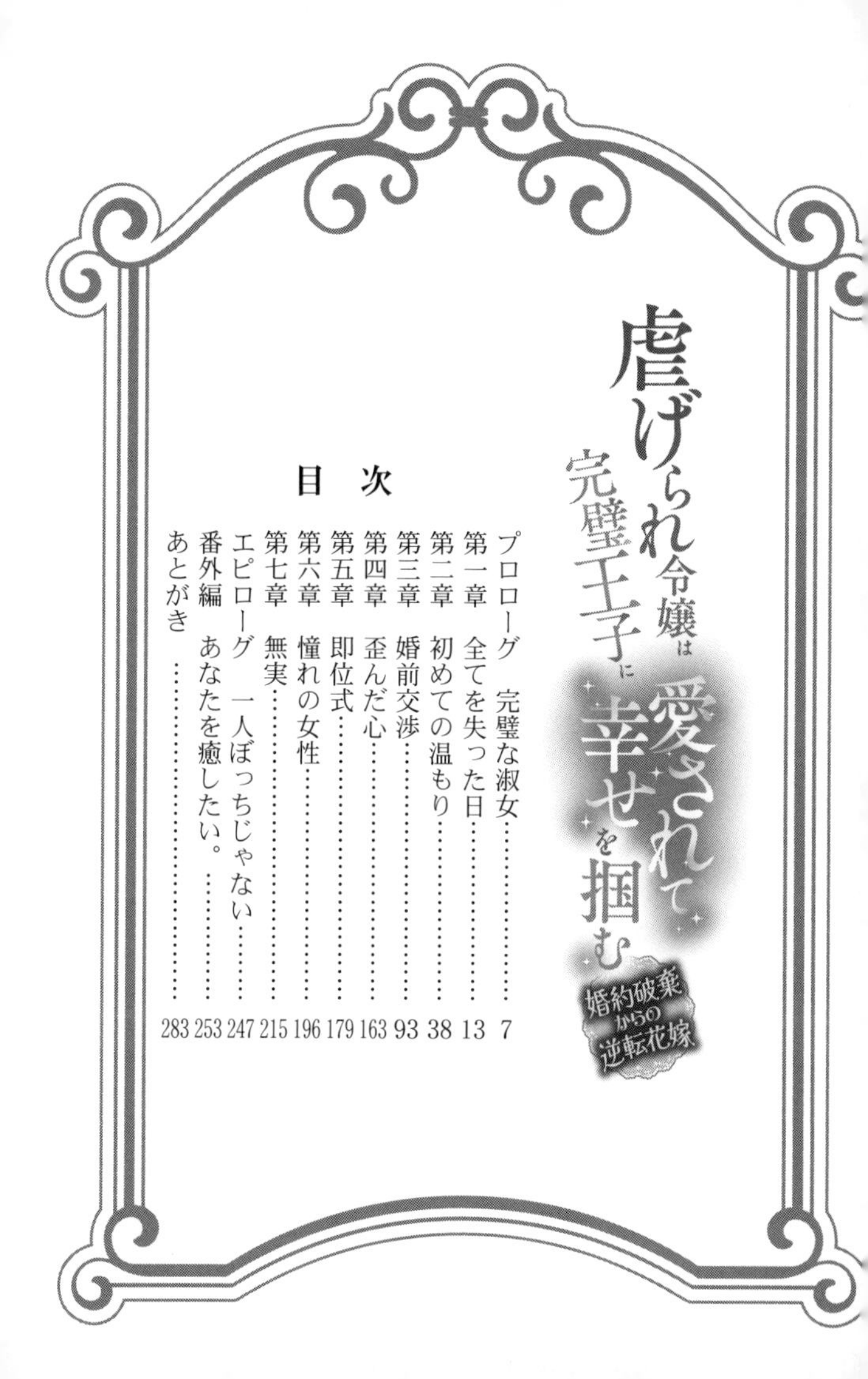

虐げられ令嬢は完璧王子に愛されて幸せを掴む
婚約破棄からの逆転花嫁

目次

イラスト／Ｃｉｅｌ

プロローグ　完璧な淑女

「ミレイユ、こんなこともできないでどうする」

「申し訳ございません」

「謝罪はいい。お前はジュール王子の妻となり、将来の王妃になるのだから完璧じゃないといけないんだ。三百年前から王家の重臣として仕えるサミュエル公爵家の名に泥を塗らないように、もっと頑張りなさい」

「はい、お父様……」

　サミュエル公爵家の長女として生を受けたミレイユは、物心がつく前からコルチカム国の第一王子で、次期国王候補のジュール王子との婚約が決まっていた。

　ジュール王子の妻として、次期王妃として、ミレイユを完璧な淑女にしなくてはならない。

　ミレイユは幼い頃から厳しい王妃教育を受けさせられ、年頃の令嬢たちとの生活とは、大きくかけ離れた生活を送っていた。

早朝から深夜まで勉強をさせられ、休息は睡眠の時だけ。睡眠時間も毎日四時間ほどしか与えられず、常に眠気が付きまとう。

努力は成果として現れ、ミレイユは素晴らしい少女へ成長していった。

口が裂けても言えないが、ミレイユはジュールの妻になるためではなく、両親に褒められるために頑張っていた。

しかし、周りからどれだけ褒められても、両親は決して満足してくれない。

「ミレイユ、周りから褒められていい気になっているんじゃないか？　それぐらいは当たり前のことなんだ。調子に乗らず今以上に頑張りなさい。いいな？」

「お父様の言う通りよ。ミレイユ、頑張ってね」

「はい、お父様、お母様……」

素晴らしいと言ってもらえて嬉しいとは思ったが、決して調子に乗っていたわけではない。けれど言い訳することは許されていないので、素直に返事をした。

お父様とお母様は、私のことをそんな風に思っていたのね……。

調子に乗っていたと思われたことが悲しくて、これ以上頑張れないというぐらい頑張っているのに今以上にと言われたのが辛くて、涙が出そうになる。

泣いては、駄目――人に涙を見せるのは、完璧な淑女じゃないもの。

泣きそうになるたび、ミレイユは頬の内側を噛んで堪えていた。

過酷な王妃教育に、どれだけ頑張っても認めてくれない両親の心無い言葉……ミレイユはそれらすべてに傷付いていたが、最も辛かったのは、両親の妹ミシェルと自分に対しての接し方の違いだった。

「ああ、ミシェル……こんなに辛い思いをして、なんて可哀相なの。わたくしが代わってあげたいわ」

「可愛いミシェル、お父様とお母様がついているよ。だから早く元気になっておくれ」

「ええ、お父様、お母様、大好き……」

ミシェルはミレイユの一つ下の妹だった。

生まれた時から身体が弱く、元気で過ごせる日よりも熱を出してベッドで横になっていることの方が多い。

両親は彼女が倒れるたびに夜通し看病をし、身体が弱くて可哀相だと、彼女が欲しがる物はなんでも与えてきた。

ミレイユは溺愛される妹の姿を見るたびに、泣きたくなるのを必死で堪えて過ごしてきた。

私もお父様とお母様の子供なのに、どうして私には冷たいの……？　私の頑張りが足りないの？

もっと頑張れば、ミシェルのように愛してもらえるかもしれない。

そんな希望を抱いたミレイユは必死に努力したが、ミシェルのように愛してもらえることはなかった。

一方、ミシェルは健康なミレイユを羨み、彼女の持ち物を何でも欲しがった。

両親に愛されているのは羨ましかったが、疎んだことはない。

たった一人の可愛い妹の願いなので、ミシェルが欲しがる物は譲ってきたが、一つだけどうしても渡したくないものがあった。

それは大好きな乳母が誕生日にプレゼントしてくれたオルゴールだった。乳母はミレイユの誕生日の一週間後に故郷に帰ってしまったので、思い入れのある品だ。

辛い時にはこのオルゴールの音色を聞いて、心を慰めていた。

このオルゴールはミレイユの宝物であり、心の支えだ。これだけはあげられないと断ったら泣かれ、それを見ていた父に強引に奪い取られた。

「ミシェルはお前と違って身体が弱くて、我慢を強いられているんだ！　オルゴールぐらい譲ってやりなさい！」

私だって、たくさん我慢しているわ……。

そう言いたくて、唇が震える。

しかし言い訳を禁じられて育ってきたミレイユは、抗議の言葉を呑み込んだ。

言いたいことを我慢するたびに、胃の中に黒いモヤモヤしたものが溜まっていくのを感じる。

ミシェルは貰ったオルゴールを部屋の片隅に並べ、聞くことはなかった。ミレイユが大切にしているから欲しかっただけなのだ。

ミシェルの部屋を訪ねるたびに、そのオルゴールを寂しそうに見つめるミレイユを見て、彼女は満足そうに笑っていた。

元気に過ごせる日は、父の大切にしている美術品を壊すなどの悪戯をし、それをミレイユのせいにして父に言いつけていた。

それは決まってミレイユが他家のお茶会や、王城に行く前が多かった。

自分も行きたいと騒いで、両親から元気になってからだと窘められると、我慢させられた鬱憤を晴らすように、ミレイユを叱られるように持っていくのだ。

そんなことを何年も続けられていくうちに、ミシェルへの愛情が減っていくのを感じていた。

身体が弱いのは可哀相だわ。たくさん我慢させられて……でも、身体が丈夫だからと言って、自由なわけではないのよ。

ミシェルがミレイユを羨ましく思うように、ミレイユだってミシェルが羨ましかった。

ミレイユが喉から手が出るほどに欲しかった両親の愛情を、一身に受けているのだから。

けれどミレイユは、決してその気持ちを口にも表情にも出さない。ミレイユはジュールと結婚して王子妃になり、やがてはこの国の王妃になるのだから。
王妃になる人間は、感情を露わにしてはいけない。完璧じゃないといけない。
完璧に、ならなくちゃ――。

第一章　全てを失った日

ミレイユは十九歳となり、美しい女性に成長した。

雪のように白い肌、腰まである艶（つや）やかな金色の髪、アメジストのように神秘的な紫色の大きな瞳、薔薇のように赤くぽってりとした唇、豊かな胸に折れそうなほど細い腰、スラリと伸びた長い手足、人々は彼女を女神のように美しいと讃（たた）えた。

顔立ちは遺伝もあるが、ほとんどはミレイユが努力した結果だ。

淑女としても長年の努力が実を結び、社交界では母親が娘に「ミレイユ公爵令嬢のようになりなさい」というほど完璧な淑女となることができた。

しかし、両親は、まだ努力が足りないと認めてくれない。

ミレイユはいつしか両親の愛情を諦め、両親から命じられた最終目標である王妃に向けて日々努力を重ねていた。

「ミレイユお嬢様、ジュール王子がいらっしゃいました。応接室でお待ちいただいておりますので」

「随分急ね？　今日は特にお約束はしていないのだけど……」

「ですが、お断りするわけには……」

「わかっているわ。すぐに行くから」

鏡の前でサッと前髪を整え、応接室へ向かった。ノックすると、「どうぞ」と声が返ってくる。

その声はジュールではなく、ミシェルだった。

「失礼致します。ジュールで王子、いらっしゃいませ」

ミシェルはジュールの隣に座り、彼の太腿の上に手を乗せていた。その姿は、ミシェルの方がジュールの婚約者のように見える。

「あ、お姉様がいらっしゃいましたわ」

「ふん、別に来なくてもよかった」

病弱だったミシェルは成長するにつれて倒れる回数が減り、今では普通に暮らしている。

彼女もミレイユ同様にとても美しく成長し、ミレイユとミシェルは社交界で美人姉妹として有名だ。彼女にはまだ婚約者がいないので、求婚の手紙が後を絶たない。

絹糸のように柔らかなブルネットの髪に、ミレイユと同じ紫色の瞳で、ミレイユよりも背が低く、食が細いのでかなり細身だ。

病弱なのは治ったが、ミレイユの物を欲しがる悪い癖はそのままだった。

今より少し前、彼女はジュールと結婚したいと言い出したのだ。

まさか、また……と思って身構えたが、さすがの父もそれは叶えられないと断ったことで安堵した。

ジュールを愛しているわけではない。

けれど、王子妃、次期王妃の座に就くため、これまで血の滲むような努力をしてきたのだ。今さら婚約破棄だなんて考えられない。

「ジュール王子、今日はどうなさったのですか？」

「なんだ。迷惑そうな顔をしているな？」

ジュール・モンテルラン、今年二十歳になったコルチカム国の第一王子だ。王家の特徴である金色の髪に青い目と、麗しい美貌に恵まれている。

「そんなことはございません」

「ふん、どうだろうな。腹の底ではどう思っているかわからない」

「本当に迷惑なんて……」

ジュールとの仲は、昔から冷めきっていた。彼はミレイユを好いていないようで、何かと突っかかってくる。

ずっと冷たくされてきたから、正直なことを言うとジュールに対して苦手意識がある。でも、政略結婚なのだから、それでも別に問題はない。

私だけじゃない。他の夫婦だってそうよ。

「お姉様も、もちろん私も、迷惑なんかじゃございませんよ。ジュール王子が来てくださって嬉しいです」

「そうか」

ミシェルにそう言われて、ジュールは嬉しそうに口元を綻ばせる。

「実は今日はこの近くに用があって、その帰りにミシェルの様子が気になって立ち寄ったんだ」

「えっ……私の様子を?」

「ほら、この前ミシェルが風邪気味だっただろ? 心配でな。もう体調はいいのか?」

「ええ、もうすっかり。私のことを心配してくださって嬉しいわ。ジュール王子が来てくださるなら、ずっと風邪気味でもいいかも、なんて」

「はは、相変わらず可愛い奴だ」

「うふふ、可愛いだなんて嬉しい」

ミシェルはジュールにしなだれかかり、腕に手を回す。彼女は細身だが、胸は豊かだ。

ジュールの腕は、柔らかな谷間の間に埋もれた。

ジュールが鼻の下を伸ばし、彼女の谷間を覗いたのをミレイユは見逃さなかった。

「妹のことを心配してくださってありがとうございます」

「ん？　ああ」

ジュールはミシェルから視線を逸らさず、面倒くさそうに返事をする。

「ミシェル、もう子供じゃないのだから、くっ付くのはやめなさい。失礼よ」

「いいじゃないか。うるさいことを言うな。ミシェルは人懐っこいんだから。なあ？　ミシェル」

「ええ、ジュール王子」

ミシェルは柔らかく微笑み、ますますジュールに密着した。彼女が微笑む顔は、天使と表現するのがぴったりだ。

「お前たちは同じ姉妹でもまるで違うな。ミレイユは可愛げがないが、ミシェルは可愛い。なあ、どうしてこんなに可愛いんだ？　本当に血が繋がっているのか疑うぐらいだ」

「そんなことありません。お姉様は可愛いのではなく、美人なのです。羨ましいわ。私もお姉様みたいに美人になりたい」

「お前の方が美人で可愛いよ」

ジュールは目を細め、ミシェルの髪を撫でる。その手付きは将来の妹を撫でるものではなく、別の意味があるように感じてならない。

「ミレイユ、いつまでそこにいるつもりだ？　今日はお前に用はない。俺はミシェルに会いに来ただけだからな。下がれ」

「はい……」

そう言われて、ホッとした。こんな光景を見ていたくないし、冷たい言葉しかかけてこないジュールとの時間は、ミレイユにとって辛い時間だった。

「そんなことを仰らないで。三人でお茶をしましょうよ。ね、お姉様？」

下がれなくなってしまったわ……。

「え、ええ……」

父はミシェルがジュールと結婚したいとねだったことに難色を示していたので安心していたが、ジュールの態度を見ていると不安だった。


――ミシェルがジュールと結婚したいと言ったあの日から、ずっと胸騒ぎが収まらない。


そんなある日のこと、ミシェルがお茶とお菓子を持って、ミレイユの部屋を訪ねてきた。

「ミシェル、どうしたの？」

「お姉様、一緒にお茶でもいかが？」

ミシェルはたびたびこうしてお茶を持って、ミレイユの部屋を訪ねてくる。

それだけ聞くと姉を好いているように感じるが、そのたびに必ず毎回彼女の部屋をじっくり眺めては、欲しい物を見つけてねだるので、純粋にお茶をしたいかはわからない。

でも、そういった面を抜かせば、ミシェルと話すのは楽しいし、断るのは角が立つのでいつも受け入れている。

「ええ、いい香りね」

「シュンラン国から取り寄せた珍しいお花のお茶なのよ。お姉様にお出しする前に味見したけど、すごく美味しかったわ」

「それは楽しみね」

カップの中に、琥珀色の液体が注がれる。

用意されたメレンゲクッキーとチョコレートに目がいくが、食べ過ぎないように注意しないといけない。ミレイユはミシェルと違って、太りやすい体質なのだ。

「はい、お姉様、どうぞ」

「ありがとう。本当にいい香りね」

一口飲むと、あまりの苦さに「うっ」と声が漏れた。

「に、苦いわね」

想像していた味とは違った。渋みと苦みがすごい。

「そう？　その苦みが美味しいと思うの。……美味しくない？」

悲しそうな目で見つめられ、ミレイユは首を左右に振った。

「そんなことないわ。確かにこの苦みが癖になりそうね」

自分が好きなものを人に貶されたら悲しくなる。ミレイユは「美味しい」と言って、不味いのを我慢してまたもう一口飲んだ。

「……っ……ふふっ！　そうでしょう？」

ミシェルが吹き出したように見えたのは、気のせいだろうか。

その笑い方に違和感を覚えながらも、ミレイユはお茶を飲む。

あまりに不味くて、いつもはお茶に砂糖は入れないけど二つ入れ、お菓子も次々抓んでいく。

「お姉様がそんなに甘い物を召し上がるのは珍しいわね」

「え、ええ、少し疲れているのかしら？　今日はすごく食べたいのよね」

お茶が不味いから……とは、さすがに言えない。

せっかくのミシェルの好意だもの。美味しく飲んでいるように誤魔化さなくちゃ。

「疲れている時には甘い物がいいっていうものね。ところでお姉様、さっきまで何をしていたの？」

「この前、王妃様のお茶会があったでしょう？　そのお礼の手紙を書いていたのよ」

あ、私の馬鹿……！

正直に話してしまったが、嘘を吐けばよかった。

そのお茶会はミシェルも行きたがっていたが、伯爵家以上の爵位を持つ家からそれぞれ代表して一人しか参加できないため、ミレイユが行ったのだ。

「そうだったの。お茶会は楽しかった？」

「え、ええ」

「どんな風に？」

「お庭でお茶会をしたの。お茶も美味しかったし、薔薇がとても綺麗（きれい）に咲いていていい香りがしていてね。ためになるお話も聞けたし、充実した時間を過ごすことができたわ」

たいして楽しくなかった……と言えば、ミシェルも羨ましがることはないだろう。でも、彼女の機嫌を取るために、王妃が主催したお茶会を悪く言いたくない。

「へえ、そうだったの。素敵ね」

ミシェルは柔らかく微笑み、クッキーを抓む。

あら？

いつもと違う反応だ。いつもなら楽しかったと言えば、不機嫌になるのにどうしたのだろう。

大人になった……ということなのかしら。

自分のものを欲しがるのは相変わらずだけど、少しずつ彼女も成長しているのだろう。喜ばしいことだ。

他愛（たあい）のない話を楽しみながらお茶を飲んでいると、なんだか吐き気がしてきた。

おかしいわね。胃が荒れているのかしら……。

我慢していると、喉までイガイガしてくる。

何？　どうして、こんな急に……。

「ところでお姉様」

「な、に？」

小さな声しか出なくて驚く。これは普通ではない。

「お身体に何も変化はない？」

「え？」

次の瞬間、胃から熱いものが込み上げてきて、我慢できずに吐き出した。咄嗟に口元を押さえた手にべっとりと血が付いていて、テーブルクロスにも零れる。

血？　どうして……。

心臓がドクンドクンと嫌な音を立て、眩暈がして意識が遠のき始めた。

「な……っ」

「ああ、ようやく効いてきたのね。お姉様ったら丈夫だから、毒が効かないのかと思っちゃった」

「……っ⁉」

毒……⁉　まさかこのお茶に、毒が入っていたの⁉

問いただしたくても、人を呼びたくても、声が出ない。

「おやすみなさい。お姉様」

嘘でしょう？　私、こんな死に方をするの？　これまで頑張ってきたのに、こんな……。

なんとかして人を呼ぼうとしたが叶わず、ミレイユは意識を失ってしまった。

結果から言うと、ミレイユは死ななかった。

意識を失って椅子から落ちた音で使用人が駆け付け、すぐに治療してもらえることができたからだ。

意識を取り戻したのは、一週間も後のことだった。しかし、ミレイユを待っていたのは、あまりにも辛い現実だった。

「妹に嫉妬して毒殺しようとするなんて……お前には失望した。このままでいられると思うな」

「私は悪魔を産んでしまったのね……ミシェルはあんなにいい子なのに、あなたはどうしてこんな風になってしまったの……」

意識を失っている間に、ミレイユはミシェルを毒殺しようとした犯人に仕立て上げられていた。

ミシェルもミレイユと一緒に毒を飲んだらしい。

彼女は数日で回復し、こう証言した。

ミレイユの淹れてくれたお茶を飲んだら具合が悪くなった。ミレイユが『お茶に毒を入れたのよ。ずっとあんたが目障りだった。あんたなんて死んじゃえ！　でも捕まるのは嫌だから、私も死ぬ』と言って、自身も毒入りのお茶を飲んだのだ――と。

両親は何も疑わず、それを信じた。

違うと言いたくても、ミレイユは毒のせいで声が出なくなっていた。医師に診てもらったが、声が戻ることは、もうないそうだ。

紙に書いて自分じゃなくミシェルがやったのだと無実を必死に訴えたが、誰も信じてくれない。世話をしてくれる侍女たちも、いくら違うと言っても苦笑いを浮かべるばかり。

先に目覚めたミシェルが、ミレイユが悪者になるように手を回していたのだ。

どうして誰も信じてくれないの？

夜中に一人で泣いていると、ミシェルが入って来た。

「…………っ！」

「あら、お姉様、泣いているの？」

ミシェル…………！

「ふふ、声が出ないって本当だったのね」

ミシェルはクスクス笑い、ミレイユの前に立つ。

「目覚めてよかったわ。毒を入れすぎちゃったかしらって心配になっちゃった」

ああ、この会話を誰かが聞いていてくれたら、私の無実が証明できるのに……！

「これでお姉様はもうおしまい。声が出ないんじゃ、王子妃になんてなれないものね。それどころか誰も妻になんて貰ってくれないんじゃないかしら。いいところでどこかの後妻か、第二夫人ってところ？　ああ、でも、妹を殺そうとした犯罪者だもの。結婚なんて無理かしら。ふふ、完璧なお姉様がそんな目に遭うなんてね。あはっ！　おもしろぉい」

頭に血が上って、ミシェルに摑みかかりたい衝動に駆られたが、まだ回復しきっていなくて立ち上がるのすら辛い状態のミレイユには、睨みつけることで精いっぱいだった。

「ふふ、怖いお顔。でも、お姉様が悪いのよ」

私が悪いって、なんのこと……？

言葉に出せなくても、ミレイユの表情を見て彼女の聞きたいことがわかったミシェルは話し続ける。

「わからない？　お姉様はずっと私のことを見下していたでしょう。私が病気でベッドにいないといけない間、お茶会に行ったり、ジュール王子に会いに王城へ行ったり、わざと私を羨ましがらせようとしていたものね。忘れたなんて言わせないわよ」

何を言っているの……⁉

もちろん、そんなつもりは全くなかった。

ミレイユはただの公爵令嬢ではない、王子の婚約者で、王子妃になるという肩書きがある。元々決まっている予定を自分の都合で断るのは、ジュール王子の顔に泥を塗ることになるのだ。

ミシェルが生死を彷徨（さまよ）う病気で床についているなら断っていたが、彼女は自分も行きたいと我儘（わがまま）を言えるほどの病状だった。

「自業自得よ。ジュール王子は私が貰うわね。……ふふ、死んだ方が楽になれたんじゃないかしら。でも、楽になんてさせてあーげない」

ミシェルは楽しそうに笑い、部屋を後にした。

この時のことも両親に筆談で伝えたけれど、信じてくれずに「どれだけ妹を苦しめるつもりだ」と何度も頬を打たれ、真実を書いた紙は暖炉に入れられ燃やされた。

パチパチ音を立てて燃える紙を見ていると、心まで消し炭になっていくような気がした。

◆◇◆

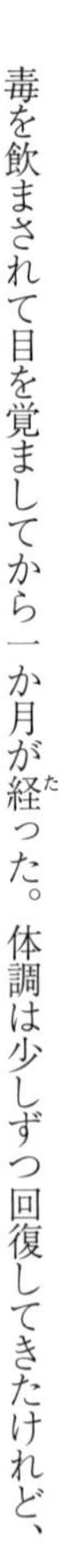

毒を飲まされて目を覚ましてから一か月が経（た）った。体調は少しずつ回復してきたけれど、

声はやはり戻っていない。

そんな中、ミレイユはジュール王子から王城で行う建国記念日を祝う舞踏会に必ず出席するようにと言われ、重い身体を引きずりながら王城に来ていた。

ミシェルも招待されたようで、ミレイユとは別の馬車で両親と共に、彼女より先に王城入りしている。

「見て、ミレイユ嬢よ」

「妹を殺そうとした……」

「なんて恐ろしい」

今回の一件は社交界に広まっていて、ミレイユの評判は地に落ちていた。

違うのに……。

ミレイユは涙を流さないように、頬の内側をギュッと強く噛んだ。あまりに強く噛みすぎて、血の味がする。

姉妹の毒殺騒ぎ――サミュエル公爵家がそんな家名に傷をつけるスキャンダルを漏らすはずがない。それなのに、どうして皆知っているのだろう。

ミシェルが何らかの方法で流したのかしら……。

「ミレイユ・サミュエル、妹を殺そうとした恐ろしい女は、私の妻に相応(ふさわ)しくない。そなたとの婚約は破棄し、代わりに妹のミシェル・サミュエルと婚約することをここに宣言する」

舞踏会が始まる前、ミレイユは皆の前でジュール王子から婚約破棄を宣言された。

こうなるとはわかっていた。でも、こんな場ではあんまりだ。

今日は国内の貴族だけでなく、国外からの王族貴族も来ているというのに。

わざわざ自国の恥を晒すなんて愚かの極みね。

私に恥をかかせたいからこの場を選んだのでしょう。確かに恥ずかしいわ。でも、あなたも同等の恥をかいているのよ。

今日参加した王族貴族たちは、この話を土産に持ち帰って、面白可笑しく話して笑うのだろう。

「なんとか言ったらどうだ。……ああ、毒で口が利けないのか。自業自得だ。賢い女を装っていたが、こんなにも愚かな女だったとはな。結婚する前にわかってよかった」

「お姉様、どうしてこんな……」

ジュールは鼻で笑い、ミシェルは涙を浮かべながら口元を押さえている。

「兄上、あんまりです！」

声を上げたのは、ジュールの弟の第二王子のアベルだった。

十歳の正義感に溢れる少年で、ジュールがミレイユに冷たくするのを見た時には、そんな態度は酷いとジュールに食って掛かり、そのたびに叩かれていた。

何度叩かれても、アベルはやめようとしなかった。

駄目よ。アベル王子、また叩かれてしまうわ。

「子供は黙っていろ」

「しかし！」

「うるさい！」

アベルは頬を叩かれ、勢いあまって倒れてしまう。

アベル王子……！

咄嗟に駆け寄ろうとしたが、危害を加えると勘違いした兵士に阻まれた。アベルを起こす者は誰もいない。

「……っ！」

彼は王が戯れに手を出した使用人との間にできた子で、王妃の目の前で助けることは、王妃に敵意を向けることと同義のためだ。

「ジュール王子、アベル王子がお可哀相。それにお姉様も……私は大丈夫ですから、どうかお気持ちを静めてください。ね？」

「ああ、ミシェル、お前は本当に優しいな。我が国の法ではミレイユの犯した罪は極刑だが、ミシェルに免じて温情を与えよう。ミレイユ・サミュエル、そなたは今後、一生カルミア修道院に身を置き、神に仕えることで罪を償うように」

カルミア修道院――それはコルチカムの国境沿いにあり、昼間は四十度、夜はマイナス二十度になる過酷な環境にある修道院だ。あまりにも酷い環境下にもかかわらず、何の対策も取られていない。

修道院にいる者のほとんどが罪人ということもあり、対策する予算も組まれていないのでどうしようもないためだ。

そのせいで、毎年たくさんの死者が出ている。おまけに国境沿いにあるので、他国から盗賊が襲ってくることも珍しくない。

カルミア修道院に送られるなら、死んだ方がましだと言われていて、実際に自ら命を絶つ者も多かった。

ミレイユは王子妃になったら、すぐにこの修道院の現状を改善するために動こうと思っていた。

それなのに、まさか自分が送られるなんてね……。

心の中で、笑ってしまう。

ああ、今まであんなに頑張って来たのに、こんな形で終わってしまうのね。

涙が出そうになるが、ジュールとミシェルの前では泣きたくない。ミレイユの中にはまだプライドが残っていた。

泣かないわ。絶対に……。

ミレイユはさらに頬の肉を強く嚙み、前を向いて真顔でジュールを見た。

「……っ……なんだ、その顔は……温情がいらないと言うのなら、極刑にしてやっても構わないぞ！　それでもいいんだな!?」

好きにすればいいわ。

でも、私は、弱った顔なんて見せてやらない。そんな顔をしたらあなたとミシェルの思うつぼだもの。首を切られても、このままの表情を保ってやるわ。

見つめ続けると、ジュールがたじろぐのがわかる。

「お待ちください」

するとその時、一人の男性の声が割って入ってきた。

低く、艶のある声で、こんな時だというのに、なんて素敵な声なのだろうと思ってしまうほどの魅力のある声だった。

「あなたは……」

声の主は、絵画から出てきたのかと思うぐらい美しい男性だった。

短く切り揃えられた髪は美しい銀色、鋭い印象を与える切れ長の瞳は赤くルビーのように美しい。

凛々しい眉、高い鼻、形のいい唇は完璧な位置に配置されている。美しいからか、それとも背が高いからか、独特の威圧感があった。

この人には逆らえない。逆らってはいけない。地に膝を突き、頭を下げなければいけない。そんな気持ちにさせるような力がある。

彼の名は、アロイス・ハインミュラー。

コルチカム国の隣にある大国カランコエの第一王子だ。

王位継承権第一位で、何度も戦争の最前線で活躍し、国民たちからは英雄と崇められている。

カランコエ国はコルチカム国と友好条約を結んでいて、力のないコルチカム国に多大な援助をしてくれていた。

その関係でコルチカム国城で開かれる大きな行事にはよく出席しているため、ミレイユも話したことはないが、顔は知っている。

「ジュール王子、本当にミレイユ公爵令嬢との婚約を破棄されるのですね？」

「ええ、その通りです」

「そうですか」

アロイスはツカツカとミレイユの元へ足を進めると、彼女の前に跪いてその手を取った。

え？

ミレイユが驚いて目を見開くと、アロイスはルビー色の目を細めて微笑んだ。

「では、私がミレイユ公爵令嬢に求婚しても、問題ないということですね」

その場がざわめいた。

え……!?　何？　どういうこと？

ミレイユが驚いて固まっていると、ジュールが興奮したように前に出た。

「な……っ……何を仰いますか！　こんな女、あなたのような素晴らしい方に相応しくありません！」

「彼女の価値を貴様が決めるな！」

氷のように冷たい声で一喝され、ジュールは肩をビクッと震わせた。

「な……っ……ぶ、無礼ではないですか……っ！」

「先に無礼を働いたのはそちらだ。彼女は私の妻となる女性で、カランコエの人間となる。コルチカム国は我が国を敵に回すつもりですか？　そちらがその気でしたら、こちらは構いませんよ」

小さな国でカランコエ国の恩恵に頼っているコルチカム国に、勝ち目など砂一粒ほどの可能性もない。

「滅相もございません！　息子が失礼致しました！」

慌てた国王がジュールの肩を掴んで後ろにやり、前に出て謝罪した。

「では、問題ございませんね？」

「はい、もちろんです！　どうかお好きになさってください。いいな？　サミュエル公爵」

　コルチカム国王に同意を求められ、近くに居たミレイユの父は、「もちろんです！」と返事をした。

「父上！　何を仰いますか！　ミレイユには、罪を償ってもらわないと……」

「ジュール、お前は黙っていろ！」

　ミレイユは呆然としてしまう。

「ミレイユ嬢」

　アロイスに名前を呼ばれ、ハッと我に返る。いつもの調子で返事をしそうになるが、空気が漏れるだけで声は出ない。

　口元を押さえると、アロイスの表情が悲しげに揺れた。

　皆、ミレイユが声を出せないところを見ると侮蔑に満ちた顔を向けてくる中、彼だけがそんな顔をした。

　どうして、そんな顔をするの？

　戸惑っていると、ルビーの瞳がミレイユを真っ直ぐに見つめた。

「ミレイユ嬢、どうか私と結婚してください」

　罪人扱いされているミレイユを妻に娶っても、アロイスに与えられる恩恵など何もない。

それなのになぜ求婚してくるのだろう。

同情、してくれているの……？

「どうか頷いてほしい」

このままコルチカム国に居たら、酷い目に遭わされる。

――もう、これ以上ここには居たくない……！

ミレイユが頷くと、またざわめいた。

「妹を殺そうとした女を妻になんて……」

「アロイス王子は正気なのか？」

でも、アロイスに甘えたら、彼に迷惑をかけてしまうのではないだろうか。

咄嗟に手を引こうとすると、アロイスにギュッと握られた。

「……っ」

「先ほどもジュール王子に申し上げましたが、今、私の将来の妻の陰口を叩く者は、我が国と争う覚悟があるとみなしていいですね？」

会場内がシンと静まり返り、衣擦れの音さえ聞こえなくなる。ふとミシェルの方を見ると、彼女は悔しそうに唇を噛み締め、顔を歪めていた。

アロイスは立ち上がると、ミレイユの耳元に唇を寄せた。

「本来なら婚約期間を設けた上で嫁いできてもらうのが通例なのだろうが、俺はもうこれ以上あなたをこの国に置いておきたくない。すぐに連れて帰りたいと思っているが、いいか？」

その質問に、ミレイユは少しも迷うことなく頷いた。

一刻も早く、この国から出て行きたい。

第二章　初めての温もり

　求婚された翌朝、ミレイユはカランコエ国へ向かう船に乗っていた。隣国へは船で四日ほどかかるそうだ。

　アロイスは荷物をまとめる時間が必要だろうからと、数日与えてくれた。

　しかしミレイユが大切にしていたものは全てミシェルに取られてしまっているので必要ない。荷物をまとめるのには、一時間ほどあれば十分だった。

「ミレイユ様、お荷物はすべて収納致しました」

　アロイスが付けてくれた侍女のカルラに、「ありがとう」と書いた紙を見せる。

「とんでもございません。何かご用がございましたら、遠慮なさらずにいつでもお申し付けくださいね」

　サミュエル公爵邸の侍女や使用人たちは、ミレイユがミシェルを毒殺しようとしたと信じ込み、きつく当たっていたので優しくされるのは久しぶりだ。

「それでは、失礼致します」

コルチカム国が所有している船とは比べ物にならないぐらい大きく、彼女に与えられた部屋はサミュエル公爵邸の自室の数倍広かった。

素晴らしい調度品が揃えられていて、とても居心地がいい。

窓を覗くと、青い海が見える。

綺麗……。

さっきまで見えていたコルチカム国の港はもうない。

まさかこんなことになるなんて、少し前までのミレイユなら想像できなかっただろう。

これから、どうなるのかしら……。

ぼんやり海を見ながら考えていると、扉をノックする音が聞こえた。いつもの癖で返事しようとしたが、息が漏れるだけだった。

慌てて扉に向かうが、広すぎて結構な時間がかかってしまう。

ああ、声が出ないって、不便だわ……！

少し乱れた息を整え、扉を開けるとアロイスと後ろに初老の男性が立っていた。白衣を着ている。きっと医師なのだろう。

「ミレイユ嬢、医師を連れて来たんだが……ん？　なんだか呼吸が乱れていないか？　あ、そうか、返事が出来ないからわざわざ扉を開けに来てくれたのか。配慮が足りなかった。すまない」

ミレイユは咄嗟に「そんなことございません」と言おうとして口を開いた。声が出ないとわかっていても、癖で話そうとしてしまう。

「ありがとう。優しいな」

え、声は出ていなかったわよね？

不思議そうな表情を見せるミレイユを見て、アロイスはにっこり微笑んで自身の唇を指さした。

「安心してくれ。俺は唇の動きで、ある程度の言葉はわかる。だから俺の前では筆談は不要だ」

すごいわ……！

筆談だと書くのが大変で、思ったように伝えられなくて歯がゆい思いをしていたので助かる。

「ミレイユ様、医師のブルーノと申します。毒でお声が出ないと伺っております。喉とせっかくですから全体的に検査させていただいてもよいでしょうか？」

ミレイユは毒を飲んで目覚めた後、一通り健康診断は受けたこと、そして声は元に戻らないと説明した。

アロイスは本当に唇の動きだけで話したいことを読み取り、ブルーノに伝える。

「カランコエは医療先進国なんだ。コルチカムでは治せなかったかもしれないが、ブルーノは治せるかもしれない」

「ええ、ぜひ診させてください」

治せるかもしれない？

でも、期待すると駄目だった時に気落ちしてしまう。あまり期待しないようにしないといけないと思いながら、ミレイユは首を縦に頷かせた。

「ありがとうございます。では、喉から診ましょう。お口を大きく開いてください」

ブルーノの診断は、三十分ほどで終わった。

「喉以外に異常はありませんね。毒を飲まれたとのことだったので心配でしたが、よかったです。それに喉もこれなら治せます」

え……！

「本当に治せるのか？」

「ええ、薬を二週間ほど飲めば、少しずつ出るようになりますよ。すぐにお作りしますから少々お待ちください」

夢みたいだわ。もう、話すことはできないと思っていたのに……。

「…………っ」

紫色の瞳から、大粒の涙がこぼれた。

「怖かっただろう。もう大丈夫だ。あなたに危害を加える者はもういない」

アロイスはミレイユを抱き寄せ、頭を撫でた。

心臓が大きく跳ね上がる。

温かい……。

誰かに抱きしめてもらったのも、頭を撫でてもらったのも初めてだった。

一度、乳母に強請(ねだ)ったことがあったが、高貴な方にはとてもそんなことはできないと断られてしまった。

触れられている別の場所が、温かいもので満たされていくのを感じる。

なんて心地いいの……。

慰めてもらっているのに、涙が止まらない。

「大丈夫だ。大丈夫……大丈夫……」

アロイスの言葉が心の中にストンと落ちてきて、身体全体に広がっていくみたいだった。


「少し落ち着いたか？」

ミレイユは頬を熱くしながら、コクリと頷いた。

今さらだけど、子供みたいに泣きじゃくっちゃって恥ずかしいわ……。

子供だった頃も含め、人前でこんなに泣いたことはなかった。初めての経験だ。

気恥ずかしくて、でも、アロイスの優しい視線を感じると、胸の中がポカポカ温かくて、悪くないと思ってしまう。

わ、悪くなくても駄目よ。人前で泣くのは、これで最後！

「さあ、ミレイユ様、薬ができあがりましたよ。これをゆっくりお飲みください。朝、昼、夜と三回お出ししますので、しっかりお飲みくださいね。これは朝の分です」

ミレイユが泣いている間、ブルーノは気を利かせて席を外し、別室で薬を作って来てくれていたらしい。

お礼を伝えて、カップを受け取った。

小さなカップの中に、深緑色のドロドロの液体が入っている。よく見ると赤と茶の粒も混じっていた。

声が出ていたなら、「うっ」とうめき声が漏れていたところだ。臭いもすごい。飲む前から不味いということがわかる。

「すごい臭いだな」

「この薬に使う薬草はどれも香りが強いものばかりなので、合わさるとさらに強くなるんです。でも、慣れるとこの香りが癖になるんですよ」

この臭いが、癖に……!?

鼻を抓みたくなる臭いだ。今まで嗅いだどの薬よりも強い臭いがする。

「それはきっとお前だけだ」

「さあさあ、ミレイユ様、どうぞ。グイッとお飲みください」

ミレイユは頷き、息を止めて一気に飲み干した。

「〜〜〜〜〜〜〜……っ！」

口いっぱいに苦味が広がり、さっきとは違う意味での涙がボロボロこぼれた。

ミシェルに飲まされた毒なんて比べ物にならない味だ。

「はっはっは、やはりそうなりますか」

「笑い事じゃないだろう。こんなに涙を流して、可哀相に。ミレイユ嬢、もっと水を飲むといい」

いくら水を飲んでも、口の中の苦味はちっとも取れない。ミレイユの表情を見て、アロイスもそれを察したらしい。

「どれだけ苦いんだ？」

アロイスはカップの中に残った薬を指ですくい、ペロリと舐めた。

「う……っ……これは酷い。ブルーノ、なんとかならないのか？」

「なんとかして、ようやくこれだけの味にすることができたのですよ」

ブルーノが得意気な顔をする。

これでなんとかしていることに衝撃を受けた。元は一体どんな味なのだろう。

「これではあんまりだ。そうだ。口直しを持ってくることにしよう。ミレイユ嬢、甘い物は好きか？」

ミレイユは苦味が残る口を押さえ、頷いた。

太ってしまうので控えているが、この口の中の苦味を取れるなら、多少体重が増えてもいい。

「じゃあ、すぐに用意しよう」

侍女を呼ぶのかと思いきや、アロイスはそのまま部屋を出て行った。まさか、王子たる人が自ら取りに行ってくれたのだろうか。

まさか……よね？

「ミレイユ様、私はこれで失礼致します。また後程、お薬を届けに伺いますので」

〝薬〟と聞くだけで、口の中にえぐみが広がる。ミレイユは頭を下げ、ブルーノの少し曲がった背中を見送った。

辛いけど、声が出るためだもの。しっかり飲まなくちゃね。

しばらくすると、チョコレートと紅茶を持ったアロイスが帰ってきた。

「持ってきたぞ」

本当にアロイスが持ってきてくれた。ジュールなら絶対にしない行動だ。

「ん？　驚いたような顔をしているな。どうかしたか？」

（アロイス王子が持ってきてくださったのに驚いて……）

口を動かすと、アロイスが頷く。

「ああ、誰かを呼び出して持ってきてもらうより、直接行った方が早いだろう？」

遅くなってもいいから人を使うのが貴族だ。それなのに自分のために早さを優先して自ら動いてくれるアロイスの気持ちが嬉しかった。

（ありがとうございます）

「気にするな。さあ、口の中が気持ち悪いだろう？　早く食べるといい。すぐに持ってこれるのがチョコレートだったからそうしたが、好きか？」

（はい、とても。いただきます）

チョコレートを口に入れると、甘い味が苦さを消してくれる。

美味しいわ……。

チョコレートを味わっている間、アロイスがティーポットからカップに紅茶を注いでくれた。

紅茶まで⁉　アロイス王子に、そんなことをしていただくなんて……！

申し訳ないと伝えたいけれど、口の中にチョコレートが入っていて話せない。

「ほら、これも飲むといい。熱いから気を付けるんだぞ」

頭を下げ、紅茶を口にする。

紅茶も美味しいわ。

ようやく薬の苦味から解放され、ミレイユの眉間から皺が消える。

「口の中が少し楽になったか？　それにしても、本当に酷い味だったな」

そう言ってアロイスもチョコレートを一粒口にした。ミレイユに紅茶を淹れてくれたのに、自分のカップには入っていない。

ミレイユはティーポットを手に取り、紅茶を注いだ。

「ああ、ありがとう」

そこでハッとする。

ミレイユはミシェルを毒殺しようとしたと思われている。そんな自分がお茶を淹れたものを飲めるはずがない。

さ、下げないと……。

そう思ったのに、アロイスは全く気にすることなく紅茶を飲んでいた。自分が持ってきたものだから、安心しているのだろうか。

「ジッと見てどうした？」

言うか、言わないか迷ったけれど、どうしても黙っていられなくて尋ねた。

（私が淹れたお茶をお飲みになるなんて、怖くないんですか？）

「どうしてだ？」

（私が妹を毒殺しようとしたと言われていること、アロイス王子もご存じでしょう？）

「ああ、知っている。あの場に居たからな。けれど、あなたがそんなことをするはずない。だから怖くない」

心臓がドキッと跳ね上がった。

誰も信じてくれないのに、昨日初めて言葉を交わしたアロイスが信じてくれた。

——私を信じてくれる人がいたなんて……。

人前で涙を見せるのは先ほどで最後にしようと思っていたのに、涙が出てしまう。

アロイスはミレイユの顔に手を伸ばすと、涙を親指で拭った。その手はとても温かくて、ますます涙が出てくる。

「やっていないのだろう?」

アロイスの質問に、ミレイユは頷いた。

「やはりな。否定はしなかったのか?」

(したけれど、誰も信じてくれませんでした。両親も、誰も……)

ミレイユはミシェルに毒を飲まされた日のことからのことを、泣きながら全てアロイスに説明した。

その流れで幼い頃から過酷な王妃教育を受けていたこと、両親から冷たく当たられてきたこと、ミシェルに大切な物を全て奪われてきたことも話した。

このことを話すのは、アロイスが初めてだった。自国には心の内を話せるような信頼関係を築けた者は、誰一人としていなかったから……。

「まさか、そんな目に遭わされていたなんて……」

アロイスは眉間に深い皺を作り、こめかみには怒りのあまり血管が浮き出ていた。

（信じてくださるのですか？）

「ああ、もちろんだ。嘘を言う人間は、そんな顔をしない」

自分を信じてくれる人間なんて一人もいないと思って絶望し、真っ暗闇の中に独りぼっちでいるように感じていた。

でも、真っ暗闇の中、光が差し込んだ。

アロイス王子は、私のことを信じてくれる。ミシェルじゃなくて、私を……。

「今まで一人でよく頑張ったな。もうあなたを傷付けさせない。俺が守るから、安心してくれ」

アロイスはミレイユを強く抱きしめ、頭を優しく撫でた。

ああ、やっぱりこの方にこうされるのは、心地いい……。

彼の背中に手を回したい衝動に駆られた。けれど、はしたない女だと思われるのではないかと不安になって、自分のドレスをギュッと握りしめる。

「あ……」

アロイスは気まずそうな声を出し、ミレイユから身体を離した。

ああ、もう終わりなのね……。

ずっと抱きしめていてほしかったと思ってしまうのは、どうしてだろう。

私、なんてことを考えているの？　はしたないわ。

「先ほどから不躾に触れてすまない」

ミレイユは首を左右に振った。

「嫌じゃなかったか？」

その質問に、ミレイユは真っ赤になりながら控えめに頷く。

頬が……顔全体が熱い。高熱を出したときみたいだ。

「そうか、よかった」

安堵した表情を見せるアロイスを見ると、心臓の音が高鳴る。

どうしてこんなに、ドキドキしてしまうのかしら……。

「今は不名誉な噂が付きまとっているが、俺が必ず忌々しい毒婦を失墜させ、あなたの名誉を取り戻してみせる」

アロイス王子……。

それはとても難しいことだ。でも、どうしてだろう。アロイスならやってのけそうな気がする。

彼なら天と地をひっくり返すなんていうありえないことですら、簡単にやれそうな気がするのだ。

「あ……すまない。仮にもあなたの妹を毒婦だなどと……」

（いいえ、構いません。私もそう思っていますから。アロイス王子、本当にありがとうございます）

ミレイユは震える唇で、アロイスに感謝を伝えた。

「俺こそありがとう」

お礼を言われることなんて何もしていないミレイユは、目を丸くして首を傾げる。

（どうしてアロイス王子が、お礼を？）

「俺の求婚を受け入れてくれたからだ。ありがとう、ミレイユ嬢」

（そんな！　お礼を言いたいのは、私の方です。助けてくださって、ありがとうございます）

ミレイユがすかさずお礼を言い返すと、アロイスが柔らかく微笑んだ。

（アロイス王子が助けてくださらなかったら、私はもう近いうちに死んでいました）

「それは……命を絶つということか？」

（いいえ、私が送られるはずだった修道院は、あまりに過酷な環境に置かれているので、亡くなる人が多いんです。私もきっと生きてはいけなかったでしょう）

「あの男……そんな所にミレイユ嬢を……」

アロイスの眉間に、血管が浮き出る。相当怒っているようだ。

それにしても、どうしてアロイスはミレイユを助けてくれたのだろう。

同情――よね。

それしか考えられない。直接アロイスに聞きたいけれど、彼の口から聞かされたら傷付くような気がする。

どうして、傷付くのかしら……。

そういえばミレイユは、何番目の妻になるのだろう。

小国の公爵令嬢で、罪人扱いされているミレイユが、正妃になれるわけがない。

諸外国の王族の最新情報は、頭に叩(たた)き込んである。

アロイスはまだ妻も婚約者もいなかったと記憶しているが、まだ公開していないだけかもしれない。

何人居たとしても、平和な関係を築かなくては……。

前までは、心を許せる者は作れなかったが、それなりに円滑な人間関係を築くことに不安を抱いていたことはなかった。しかし、毒殺されそうになってからは、自信がなくなった。

実の妹に毒を飲まされ、真実を訴えても誰も信じてくれなかった。何年も仕えてくれた侍女も、使用人も、婚約者も、友人だと思っていた令嬢たちも、誰も――。

私にできるかしら……。

いや、できるかではない。しなくてはいけないのだ。

ミレイユの身体には、つい先ほど抱きしめられたアロイスの温かな感触がまだ残っている。

アロイスが他の女性を抱きしめるところを想像したら、胸の奥がギュッと締め付けられた。

ジュールの時だって、側室を持つことは覚悟していたし、その時はなんとも思わなかった。

それなのに、どうして……。

表情に出してしまっていたらしい。アロイスが心配そうに顔を覗き込んでくる。

「ミレイユ嬢、どうかしたか？」

（……あの、アロイス王子の妻は、何人いらっしゃいますか？）

恐る恐る尋ねると、アロイスが驚いたように目を丸くした。

「まさか、何人もいると思っているのか？」

（違うのですか？）

「俺の妻はあなただけだ。側室を迎えるつもりもない」

今度はミレイユが驚いて、目を丸くする。

私だけ……!?

「気が多い男に見えるか？　いや、王族だから何人かいてもおかしくないのか」

（ち、違います。後者です）

「そうだったか。よかった」

（でも、コルチカムのような小国の罪人扱いされている公爵令嬢の私が、カランコエのような大国の王子の唯一の妻だなんて認めていただけるでしょうか。国王様が何と仰るか……）

「心配することはない。必ず認めてもらえる」

（どうしてですか？」

「俺は何度か戦争の最前線に出て勝利しているんだが、出立する前に父と、全ての戦争に勝利したらなんでも一つだけ願いを叶えるという約束を交わしている。何か言われたらその権利を使うことにしよう」

（そんな大切な権利を、私のために？）

「ああ、そうだ。元々願い事なんてなかったし、そんな約束などしてもらわなくとも戦争には出立するつもりだったが、今は貰っておいてよかったと思う。なんでも貰っておくべきだな。あの時の自分を褒めてやりたい」

アロイスはミレイユの頬を大きな手で包み込んだ。

あ……っ！

アロイスに触れられると、心臓が壊れてしまったかのように大きく脈打って苦しくなって……でも、それが心地いい。

「敬称はいらない。アロイスと呼んでくれ」

（え……っ！）

「俺もあなたを『ミレイユ』と呼んでいいだろうか？」

（も、もちろんです。アロイス……様）

「様もいらない。ただのアロイスと呼んでくれ。ミレイユ」

「……っ」

名前を呼ばれると、胸がときめく。

ミレイユを名前で呼ぶのは、両親とジュールだけだった。でも、こんな風にはならなかった。

アロイスが期待した目で見ている。

声は出ないから、口だけ動かして呼ぶだけ。それなのに、どうしてこんなにドキドキして、緊張して、気恥ずかしくなってしまうんだろう。

（アロイス……）

言い終わると、頬が熱くなる。恥ずかしくて、アロイスの顔を見ることができないミレイユはすぐに俯くが、反応が気になって恐る恐る顔をあげる。

「ああ……あなたに名前を呼んでもらえるなんて、夢みたいだ」

アロイスが嬉しそうに笑っているのを見たら、さらに頬が熱くなって、心臓の音が速くなる。

思わず心臓を押さえていると、扉をノックする音が聞こえた。

私、どうしてしまったの？

「入っていいぞ」

アロイスが返事をすると、顔の整った青年が入って来た。柔らかそうな栗色の髪に、深緑の瞳で、背はアロイスより少し低い。

そういえば、昨日アロイスの後ろに居たのを見た。

「アロイス王子、お邪魔をして申し訳ございません。ですが、そろそろご政務に戻っていただかないと」

「ああ、もうそんな時間だったのか。ミレイユ、紹介する。彼はケヴィン・レーヴィト、俺の側近だ」

「ミレイユ様、初めまして。ケヴィンと申します。どうかよろしくお願いいたします」

ミレイユはドレスの裾を軽く持ち上げ、片足を引いて膝を曲げて挨拶する。

（こちらこそよろしくお願いします）

「ケヴィン、ミレイユは『こちらこそよろしくお願いします』と言っている」

伝えてもらえて助かる。紙に書いて話すのは、相手を待たせているから気持ちが焦るし、何かと不便だ。

「ああ、学んでおいてよかった。まさかここで役立つとは思わなかった」

「ふふ、アロイス王子とは幼い頃の付き合いですが、こんなに嬉しそうなお顔は見たことがありませんよ。ミレイユ様を連れ帰ることができて、よかったですね。あなたはご苦労なさっていましたから」

連れて帰っても何の得もないのに、嬉しい？

ミレイユは意味がわからなくて、小首を傾げた。

「ミレイユ、政務が立て込んでいて昼食は部屋で済ますことになりそうだが、夜は時間がある。一緒に食べよう」

また、一緒の時間を過ごせることに喜びを感じ、ミレイユは口元を綻ばせて頷いた。

（はい、お願いします）

アロイスを見送ってすぐ、ミレイユはベルを鳴らしてカルラを呼び出した。

「ミレイユ様、お呼びでしょうか」

ミレイユは紙に「アロイス王子の妻になるために必要な勉強がしたいから、参考になりそうな本があれば用意してもらえる？」と書いて、カルラに渡した。

船に乗って二日目、ミレイユはカルラに用意してもらった本を読んでいた。

船の中には王子妃の勉強になりそうな本はなかったが、カランコエ国の作家が書いた恋愛小説が置いてあったので借りることにした。

その国で書かれた本を見れば、表現やちょっとした文で、より深い文化を知ることができる。

夕食や入浴を終えたミレイユは、濃い目に淹れた紅茶を片手に小説を読む。

庶民のヒロインと伯爵子息のヒーローが恋に落ちる話で、カランコエ国が舞台になっているのでとても勉強になる。

カランコエ国の王都には階段で上がることができる時計塔があり、そこからは王都が一望出来て、恋人たちで賑わっていること。

国の景観を守るために時計塔より高い建物は作ってはいけない。そして統一感を出すために壁の色は白、屋根の色は青と決められていて、皆、決められた色を濃くしたり、薄くしたりして個性をだしていること。

外に出しておく花の色は決められていないので、さらなる個性を目指す家は、自分の好きな色の花を庭に置いておくこと。

年に一度の建国記念日は、街を上げてお祝いをするのであちこちに屋台が出て、とても賑わうこと。

そしてその時に、男性が女性に国花である白い百合を渡して告白し、両想いになると、カランコエ国を守護する女神リリィの加護により、永遠の愛と幸せが手に入ること——。

教科書には書いていないことをたくさん知ることができている。

ミレイユの両親やジュールなら、無駄な知識だと笑うだろう。でも、ミレイユは、無駄な知識など一つもないと思っている。

知識はあればあるほどいい。こういった知識も何かの役に立つ時が来るかもしれない。

内容も面白くて夢中になって読んでいると、扉をノックする音が聞こえた。

「ミレイユ、俺だ。入ってもいいか？」

え！　アロイス？

急いでガウンを羽織り、おかしなところはないか鏡の前で全身を確認し、急いで扉を開ける。

そこにはシャツとボトムスだけの簡素な格好をしたアロイスが立っていた。

着飾っていない姿を見るのは初めてだ。なんだか特別なものを見られた気がして、心がソワソワする。

（アロイス、どうなさいました？　何かありましたか？）

「ああ、特に何かあるわけじゃないんだ。だが、もう少しミレイユと話したくて。もう寝るところだったか？」

話したくて――。

嬉しくて、頭の中で何度も繰り返し再生する。

（いいえ、まだ起きているつもりでした。私もアロイスとお話がしたいです）

「そうか。よかった」

ソファに案内すると、アロイスがしおりを挟んだ本に気付いた。

「読書していたのか？」

（はい、カランコエ国に詳しくなれたらと思って、カルラに持ってきてもらいました）

「そうだったのか。小説か？」

（ええ、カランコエ国を舞台にした恋愛小説です）

「恋愛……」

アロイスの表情が、少し暗くなるのがわかった。

どうしたのかしら……。

カルラを呼んで、紅茶を二人分用意してもらった。アロイスはずっと小説の表紙を見たまま何か考え込んでいる。

　まさか、禁書だったのかしら。ううん、でも、まだ半分ぐらいしか読んでいないけど普通の恋愛小説だわ。それに禁書なら、こんな所に置いているはずないもの。

「それでは、失礼します」

「ああ、ありがとう。もう休んでいい。遅くまでご苦労だったな」

「とんでもございません。それでは、失礼いたします」

　カルラが帰った後、思い切って聞いてみることにした。

（アロイス、この小説は読んではいけないものでしたか？）

「え？　あ、すまない。違う。読んでも全く問題ない」

（じゃあ、どうして……）

「気になることがあってな」

（気になること？）

「ああ、でも、知るのが怖くて聞きたくないんだが、でも、どうしても気になって知りたい……知りたいけど、知りたくないという複雑な気持ちなんだ」

　一体、何が気になるのだろう。ここまで言われたら、聞いてもらわないとこちらも気になって仕方がなかった。

（アロイスは、何が気になっているのですか？）

アロイスは顎に手を当て、少し悩んだ仕草を見せる。

「あの忌々しい男……いや、ジュール王子のことだ。あなたは、その……ジュール王子に恋愛感情はあったのだろうか」

まさか、ジュールのことを質問されるとは思わなかった。

(いいえ、ありません)

すぐさま否定する。

全くない。苦手意識があったことは認識していたが、今思えば嫌いだった。自分の気持ちを認めると結婚した後が辛いから、考えないようにしていたのだ。

ミシェルに抱きつかれてデレデレしていたところや、谷間をこっそり覗いていたところを思い出したら吐き気がする。

そして今では嫌いどころか、大嫌いだ。婚約破棄を言い渡された時の顔を思い出すと、憎らしく思う。

「そうか……！」

アロイスは先ほどとは打って変わって、とても嬉しそうな顔をした。そんな顔をされたら、アロイスが自分を好きなのかと勘違いしてしまいそうになる。

そんなの、ありえないわ。

舞踏会の日に初めて会話を交わしたのだから、ありえないとわかっているが、変な勘違いをしそうになるほどの反応だった。

「じゃあ、どう思っていたんだ？」

（正直に言うと、大嫌いです。舞踏会の日にあんな仕打ちをされただけではなく、昔から冷たくて、苦手だったんです）

「そうか……」

（大人になってからはミシェルを変な目で見るようになって、それでますます苦手に。まあ、ミシェルがそう仕向けていたところもありますが）

密着したり、胸を押し付けたり、あからさまな誘惑だった。それに引っかかるジュールもジュールだ。

「あなたのように魅力的な女性が傍に居ながら、よくよそ見をできるな。本当に馬鹿で、愚かな男だ」

「……っ」

み、魅力的だなんて……。

ミレイユは、今までたくさんの人に称賛されてきた。

その時は何も感じなかったが、アロイスに褒められると胸の中をくすぐられたような気分になり、頬が熱くなってソワソワしてしまう。

アロイスといると、いつもの自分じゃなくなるみたいだわ……。

「変なことを聞いてしまってすまなかったな」

(いえ、そんな)

「カランコエ国を知ろうとしてくれて嬉しい。自分で言うのもあれだが、とてもいい国だ。国民は皆穏やかな者が多いし、食べ物も美味い。海が近いから、魚介類は絶品だ。ミレイユは魚介を食べられるか?」

(はい、大好きです)

「よかった。特に好きなものはあるか?」

(帆立が好きです)

「帆立も美味いから、期待していてくれ。他に好きなものはあるか? 甘い物が好きだと聞いたが、何が特に好きなんだ?」

(苺のケーキが好きです)

「あなたは好きなものまで可愛いな。じゃあ、明日の夕食のデザートに苺のケーキを作ってもらおう」

可愛いと言われたことに舞い上がってしまう。

両親やジュールに、ずっと可愛げがないと言われてきた。自分には縁がない言葉だと思っていたから、足元がフワフワする。

しかし、ハッと我に返った。

薬を飲んだ後の口直しに甘い物を三回食べているのに、デザートまで食べたら太ってしまう。

ミレイユは慌てて首を左右に振った。

「どうしてだ？　遠慮しているのか？」

（いえ、頂きたいのは山々なんですが、太ってしまうので）

「太ってもいいだろう」

（えっ！　い、いえ、そんなわけには……）

「今の体形も可愛いが、太っても可愛いと思う」

お世辞を言っているのかと思いきや、アロイスの表情は真剣だった。

「～～……っ」

「決まりだな」

そんな風に言われたら、やめておくとは言えなかった。

（ありがとうございます……あの、アロイスの好きな食べ物は何ですか？）

「俺は魚介類なら何でも好きなんだが、特に牡蠣（かき）が好きだ。戦争中は食べられなかったから、海の幸の味が恋しかったな」

二人はお互いの好きなものや、苦手なものなどの話をした。

こんなに長く話したのは久しぶりで、ミレイユは会話が途切れたわずかな時間で座ったまま眠ってしまう。

「ミレイユ?」

疲れていたこともあり、一瞬で深い眠りに落ちたミレイユは、アロイスの呼びかけに気付くことなく規則正しい寝息を立てている。

「寝たのか」

アロイスはそっとミレイユを抱き上げ、彼女をベッドに寝かせた。

「……可愛い寝顔だな」

ブランケットをかけてそのまま出て行こうとしたアロイスだったが、ミレイユの寝顔を見て足を止めた。

「少しだけ、見ていても許されるだろうか」

ベッドに腰を下ろしたアロイスは、ミレイユの寝顔を眺める。

「まさか、こんな近くで寝顔を見ることができるなんて……あなたを妻にできるだなんて思わなかった。夢みたいだ」

薄っすらと開いた赤い唇に、アロイスは吸い寄せられるように顔を近付ける。

もう少しで触れてしまいそうになったその時、アロイスはハッと我に返ったように顔を離した。

「危ない。理性が飛んでしまうところだった。こういうことは、ミレイユが起きている時じゃないと……」

アロイスは首を左右に振って、ミレイユの隣に横になり、片ひじを突いて頬を乗せて頭を支える。

「ああ、なんて愛らしいんだ。ずっとこうして眺めていたい」

長らくミレイユの寝顔を堪能していたアロイスだったが、彼もまた多忙で疲労がたまっていて瞼が重くなってくる。

そもそもかなり深い時間だ。とっくに眠くなっていておかしくない。

「そろそろ戻らないと、眠ってしまいかねない……だが、こんな機会は滅多にないだろうし、もう少し……だけ……」

だんだんと瞼を閉じている時間が増え、とうとうアロイスはミレイユの隣で夢の世界へ旅立ってしまったのだった。

身体が、温かい――。

とても心地よくて、なんだかいい香りがする。

何かしら……。

ぼんやりと目を開けると、アロイスの美しい顔が目の前にあった。

「？」

え？　どうして、アロイスが私のベッドに？　あ……そっか、夢なのね。私ったら、なんて夢を見ているのかしら。

いくら夢だといっても、真正面で直視なんて恥ずかしくてできないので、背中を向けることにした。

いつもは悪夢を見ることが多い。

両親から辛辣な言葉をかけられたり、ミシェルに大切な物を取られたり、ジュールと結婚して辛い思いをする夢ばかりだった。毒殺されそうになった後は皆から「人殺し」と罵られる夢を見ていた。

こんな素敵な夢を見るのは、初めてかもしれないわ。ああ、ずっとこの夢を見られていたらいいのに……。

「ん……」

そんなことを思っていたら、後ろからギュッと抱きしめられた。

…………え⁉

その感触は、どう考えても夢ではなかった。

え！　嘘、これって現実⁉　でも、どうしてアロイスが私のベッドで……そもそも私、いつベッドに？

混乱する頭を働かせ、直近の記憶を思い出す。

……そうだ！　私、アロイスとお話ししている最中にすごく眠くなってしまって……それできっと眠ってしまったんだわ。でも、どうしてアロイスが同じベッドにいるの？

とにかくこの状態をどうにかしなければと思うが、アロイスの腕の中はとても心地よくて離れがたい。

も、もう少しだけ、こうしていてもいいかしら……。

アロイスに抱きしめられると、どうしてこんなにも心地いいのだろう。

ああ、そろそろ離れないと……でも、あと少しだけ……。

またウトウトしはじめていると、腰にあったアロイスの手が動き出す。

起きてしまった……？

ぎくりと身体を引き攣（ひ）（つ）らせたその時、ガウンの間から侵入してきた大きな手は、ミレイユの豊かな胸をナイトドレス越しに包み込んだ。

えっ!?　あ……っ！　嘘！　て、手がっ！　アロイスの手がっ！

「――……っ！」

咄嗟に振り向くと、アロイスは眠ったままだった。どうやら寝ぼけているようだ。

どうしよう……。

声は出ないのに、思わず口元を押さえてしまう。

心臓は飛び出てしまうんじゃないかと心配するぐらい速く脈打っている。するとさらなる試練がミレイユに襲い掛かってきた。

ミレイユの胸を包み込んでいた手が、感触を楽しむように動き始めたのだった。

う、嘘……！

大きな手の中で、ミレイユの胸は形を変えられていた。

こんなことになってしまうなんて……あっ！　く、くすぐったい……。

なんとかして逃れようとするが、もう一方の手が腰に絡んでいるので動けない。その間にアロイスの手の動きは、どんどん大胆になっていく。

あ……擦れて……。

揉(も)まれているうちに胸の先端が手の平に擦れて、じわじわと尖(とが)っていく。

「……っ…………！」

尖るとさらに敏感になり、アロイスに与えられる刺激をより強く感じる。

未婚の身で、こんな淫らなことをするなんて……。

けれど、嫌悪感は少しもなかった。むしろ戸惑ってはいるが、気持ちいいとまで思っていた。

狼狽(ろうばい)するミレイユを無視し、長い指が胸の先端を撫で転がし始めた。

あぁ……っ！　そ、そんなところを撫でては……あっ……あぁぁっ！

むず痒いけれど、そこを弄られるのが気持ちよくて仕方がなかった。触れられてもいないお腹の奥と秘部が熱くなるのを感じる。

わ、私、感じてる……。

ミレイユは性に対しての知識はかなりあった。

国によっては女性が性に対することを詳しく知るのはよくないと言われているが、コルチカム国では夫を喜ばせるため、女性の性教育はしっかりされている。

なので、自分が何をされているか、自分の身体に何が起きているかは、経験がなくとも十分に悟ることができた。

あまりにも巧みな動きで、本当は起きているんじゃないかと思って恐る恐る振り向くが、アロイスはまだ眠っていた。

こんな触り方をするなんて、一体どんな淫らな夢を見ているのかしら。

自分以外の女性を触っている夢を見ていることを想像すると、胸の真ん中あたりがギュっと締め付けられる。

私、もしかして嫉妬……しているの？

「ミレイユ……」

「！」

また前を向いたその時、小さな声で名前を呼ばれた。起きたのかと思って振り向くと、まだ眠っている。

まさか、私の夢……!?

「ミレイユ……柔らかい……」

先ほどとは打って変わって、心が浮き上がるのを感じた。

この手の動きから、きっと淫らな夢を見ているのだろう。それなのにミレイユは嬉しくなってしまう。

どうして、こんな気持ちになるの？

腰からアロイスの手が離れていく。

あ……。

もう終わりかと思ったら、少しがっかりした気持ちになった。こんなこと口が裂けても言えないが、まだこのままでいたいと思ってしまっているのだ。

自分の気持ちに戸惑っていると、その手はナイトドレスの裾をめくり、ドロワーズの中に入ってきた。

「……っ！」

う、嘘！　そんなところに……っ！

花びらの間に長い指を差し込まれた。クチュッと淫らな音が聞こえて、そこでミレイユは初めて自分が濡れていることに気付いた。

あっ……アロイスの指が、そんなところに……。

敏感な蕾を撫でられると、甘美な快感が襲ってくる。

そこを刺激されると素晴らしい快感が得られるということは知っていたが、これほどまでなんて思わなかった。

嘘……気持ちよすぎて、頭がおかしくなりそうだわ。

敏感な蕾を撫でられるたびに、身体がビクビク跳ねあがり、そのたびアロイスに当たってしまう。

「ん……」

あ……っ……どうしよう。アロイスが起きそうだわ……！

この状態でアロイスが起きたら、どうなってしまうのだろう。

気まずいことになるのも嫌だし、感じていることを知られるのも恥ずかしいので起きてほしくない。

起きないで……アロイス、どうか、起きないで……！

静かにしていればこのまま寝ていてくれるかもしれないが、自分の意思とは関係なく身体が跳ねてしまうし、アロイスは手を動かすのをやめない。

敏感な蕾をキュッと抓まれた瞬間、一際強い快感が襲ってきて、ミレイユの身体は今までで一番大きく跳ねた。

「…………ん…………なっ⁉　えっ⁉」

と、とうとう起きてしまったわ……！

アロイスは勢いよくミレイユの身体から手を離すと、すぐさま飛び起きた。

す、すごい驚きようだわ。無理もないけれど……。

「夢の続き……じゃないよな？　ミ、ミレイユ……？」

ミレイユはめくれた裾を直し、身体を起こした。

息が乱れて恥ずかしい。まだ触れられた感触が残っていて、指で弄られていた花びらの間は疼（うず）いている。

（は、はい……）

恥ずかしくて、アロイスの顔が見られない。

気まずいわ……あ、そうだわ。寝たふりをした方がよかったかも⁉

後悔しても、もう身体を起こしてしまった。どうしようもない。

「す、すまなかった……！」

気まずさと恥ずかしさでどうにかなりそうになっていると、アロイスは頭を下げ、額をベッドにつけて謝罪した。

（アロイス⁉）

「最初からいかがわしいことをするつもりじゃなかったんだ。先ほど、話している間にミレイユが眠って、ベッドに運んだんだ。すぐに帰るつもりだったんだが、ミレイユの寝顔があまりに可愛くて……つい、もう少し見ていたい衝動が抑えきれなくてだな……」

寝顔……⁉

「ついもう少し、もう少しと眺めているうちに、眠ってしまったようだ……それでミレイユを抱いている夢を見てしまった」

やっぱり、ミレイユに淫らなことをする夢を見ていたらしい。

予想が確信に変わり、ミレイユは内心密かに喜んでいた。

「そうしたら、実際に手が動いていたみたいで……すまない。許してもらえるとは思わないが、本当にすまなかった！」

誠心誠意謝ってくれていることが伝わってくる。本当に寝るつもりはなかったのだろう。その証拠に、ベッドサイドに置いてあるランプが消えていない。

（謝らないでください。私なら大丈夫ですから）

そう口を動かして見せるが、アロイスは頭を下げているので見えていない。

「どうか俺を殴ってくれ……」

もう、声が出ないって本当に不便だわ。

ミレイユがアロイスの肩に触れると、彼が恐る恐ると言った様子で顔をあげる。目が合うと、気恥ずかしくて顔が熱くなった。

（あの、謝らないでください。大丈夫ですから）

「許してくれるのか？」

ミレイユは真っ赤な顔で頷いた。

「だが、殴ってくれ。無断で身体に触れるなんて、紳士としてありえないことだ」

（そ、そんなことはしません！　仕方のないことですから、どうかお気になさらず）

「……ありがとう。ミレイユは優しいな」

（そんなことありません。私こそ途中で眠ってしまってすみませんでした。運んでくださって、ありがとうございます）

「いや、俺が遅くまで付き合わせたのがいけないんだ」

恥ずかしくてなかなか目が合わせられなくて、ソワソワしてしまう。

「……ああ、俺は何をしているんだ。好かれたいと思っているのに、嫌われるようなことをして」

アロイスは両手で頭を抱え、ため息を吐く。

今、好かれたいと思って……と言った？　え、アロイスは私に好かれたいと思ってくれているの？

嬉しくて、胸の中が温かい。アロイスといると、胸の中にいつも春の陽だまりがあるみたいに感じる。

ミレイユはまたアロイスの肩を叩いた。顔を上げたアロイスに、自分の気持ちを伝える。

(嫌ってなんていませんよ)

「……っ……本当……に？」

(はい、ちっとも)

ミレイユの言葉を聞いて、アロイスは安堵の溜息を零した。

「ありがとう……ミレイユは、心が広いな」

(そんなことありません)

「それでも、嫌な思いはさせてしまった……」

嫌われていないことに安心しながらも、アロイスの表情は暗い。ミレイユは首を左右に振る。

(いいえ、嫌じゃありませんでした。少しも嫌じゃありません)

「えっ」

今の発言は、そういうことが好きな淫らな女性に思われるんじゃ？　と言い終わった後に不安になってきた。

も、もっと、別の言い方があったかしら。

「俺を慰めようとして言ってくれているのか？」

（違います！　本心です）

そう答えると、アロイスの頬が赤くなる。

「そ、そうか……嫌じゃなかったのか。そうか……」

淫らな女性に思われないように、訂正しなければ……。

（あ、あの、誤解しないでほしいのですが）

「うん？　何がだ？」

（嫌じゃなかったのは、アロイスだからです。他の人に触れられるのは嫌です。絶対に！

なので誤解しないでください！）

「そ……っ……そうなのか？」

（はい！）

「そうか……俺だから……そうか……そうか……」

アロイスは口元を押さえ、何度も瞬（まばた）きをしながら呟（つぶや）く。そしてチラリとミレイユの方を
見た。

「………嫌なら、ハッキリ言ってほしいんだが、お願いがあるんだ」

（はい？　私にできることなら、なんでも）

改まって何だろう。命の恩人であるアロイスの願いだ。できるかぎり叶えたい。

「先ほどまでミレイユを触っていたこと、残念すぎるが覚えていないんだ。だから今、意

識がハッキリしている状態でもう一度ミレイユに触りたい」

……………ええ⁉

「駄目か？」

本来なら、よくない。貴族女性は、結婚するまで乙女でなければいけないと教えられて育つ。

でも、自分を触りたいと思ってくれていることが嬉しい。

ミレイユは、真っ赤な顔で首を左右に振った。自分を見放した親やコルチカム国の言うことだ。従う筋合いなんてない。

(駄目じゃありません……)

「本当に？　無理していないか？」

(はい、していません。あの、ア、アロイス様のお好きにしてください……っ！)

ああ、なんて大胆なことを言っているのかしら。

ミレイユは赤くなった頬を両手で包み、瞳を熱く潤ませる。

「ありがとう」

するとアロイスが顔を近付けてきた。

あ、これって、もしかして……。

口付けの予感を感じて目を閉じると、ちゅっと唇に柔らかなものを押し当てられた。

あ……っ！

初めての口付けに、ミレイユの心臓は破裂しそうなぐらい脈打っていた。

そっと目を開けると、頬を染めたアロイスが柔らかな笑みを浮かべている。

「夢みたいだ。ミレイユ……」

再び唇を奪われ、ミレイユはまた目を閉じた。

なんて気持ちいいの……。

自分の指で唇に触れるのは何も感じないのに、どうしてアロイスの唇がくっ付くとこんなにも気持ちいいのだろう。

やがて口付けは深くなり、ミレイユの薄っすらと開いた唇を割って、長い舌が入って来た。咥内をねっとりとなぞられると、さらなる快感がやってくる。

これが口付けなのね。

深い口付けの仕方も知識として知っていたけれど、実践する余裕なんてなかった。アロイスにリードされ、ミレイユは甘い快感に痺れる。ずっとこうしていたいと思ってしまうぐらい、気持ちがよかった。

気が付くと呼吸をするのを忘れ、ミレイユは慌てて息を吸う。

ガウンの紐を解かれ、前が開く。ミレイユは気付いていないが、先ほど触れられた胸の先端はツンと尖り、ナイトドレスを押し上げていた。

「あ……」

ミレイユが煽情的な姿になっていることに気付いたアロイスは、そこから目が離せなくなる。

「？」

「い、いや、なんでもない」

とうとう触れられるのだと緊張しているミレイユは、アロイスから熱い視線を送られていることは知らない。

アロイスの長い指が、ナイトドレスのボタンにかかる。

（あ……っ！）

「どうした？」

（ボ、ボタンを外すのですか？）

「ああ、脱がせるからな」

（脱がせ……⁉　触るのに、脱がせるんですか？）

「そうだ。脱がせずとも触ることはできるが、俺はミレイユの身体が見たい」

アロイスは、ミレイユの耳元で囁く。

触られる覚悟はあったが、裸を見られる覚悟はまだできていなかった。しかもランプの灯りが付いていて、明るい状態だ。

は、恥ずかしいわ……。

戸惑っていると、アロイスに手を握られる。

「見せてほしい。ミレイユの裸が見たいんだ」

こんな風にお願いされたら、断れるはずない。

長い指がボタンを一つ、また一つと外していく。ボタンを外すわずかな音が、今日はとても大きく聞こえる。

「自分のだとすぐに外せるのに、人のだと上手く外せないな」

アロイスは気恥ずかしそうに笑い、ボタンを外していく。

とうとう最後までボタンを外され、ナイトドレスを脱がされた。これで身に着けているのは、ドロワーズ一枚だけとなった。

恥ずかしくて、両手を交差させて胸を隠した。しかし豊かな胸は細腕では隠しきることができず、あちこちからはみ出ている。

「どうして隠すんだ?」

(……っ……は、恥ずかしくて)

「そうか、恥ずかしいのか。可愛いな」

アロイスはクスッと笑って、ミレイユの髪を撫でながら、額や頬に優しく口付けをしていく。

気持ちいい……。

髪を撫でられるのも、優しく口付けされるのも、なんて気持ちのいいことなのだろう。

ミレイユはうっとりと目を閉じ、その感触を味わった。

あまりの心地よさに胸を隠していた手がいつの間にか解けて、豊かなミルク色の胸が露わになっていることに気付いていない。

「綺麗な胸だな」

「…………！」

アロイスの指摘で、初めて手を退けていることに気付いた。ミレイユが再び隠そうとするよりも先に、大きな手が豊かな胸を包み込んだ。

「……っ！」

「それに大きくて、ああ……こんなに柔らかい。まるで手に吸い付いてくるようだ」

大きな手が淫らに動き、豊かな胸はふにゅふにゅと形を変えた。

（あぁ……っ）

指が食い込むたびに、甘い刺激がそこから身体全体に広がっていく。

先ほども気持ちよかったが、起きているアロイスに触れられるのは、さらに気持ちよく感じる。

胸の先端をキュッと抓まれ、甘い刺激が襲ってくる。

「乳首が起(た)っているな。俺が寝ぼけて触っている時に起ったのか？」

ミレイユは顔を真っ赤にしながら、小さく頷いた。

「そうか、俺が触ったから……」

アロイスは嬉しそうに笑い、胸の先端を指先で撫で転がした。

「〜〜……っ」

胸の先端を弄られると、むず痒い刺激が快感となって襲ってきて、身体がビクビク動いてしまう。

「可愛い乳首だな。小さくて、桃色で、俺の愛撫(あいぶ)に反応してくれる……ああ、本当に可愛い」

（あんまり、ご覧にならないでください……）

羞恥に震えながら、ミレイユは懇願する。しかしアロイスは視線を逸らしてはくれなかった。

「ずっと見たかったんだ。大目に見てくれ」

アロイスの形のいい唇が、ミルク色の胸にちゅ、ちゅ、と吸い付く。

（んっ……あぁ……っ）

吸い付かれるたびに、喘(あえ)ぎ声の代わりに空気が漏れる。

今だけは、声が出なくてよかったかもしれない。声が出ていたらきっと、あまりにも恥

ずかしい声が出てしまっていたに違いない。

声が出なくてよかっただなんて、初めて思ったわ。

ミレイユが羞恥と快感に身悶えしていると、アロイスの唇が、とうとう尖っていた先端に触れた。

「！」

（アロイスの唇が、乳首に……！）

アロイスは小さな胸の先端をパクリと咥え、咥内でキャンディを味わうようにねっとりと舐め転がした。

（あぁ……っ……や……んんっ……！　そんな……舐めては……ぁんっ！）

それと同時に反対側の胸の先端を指で弄られ、ミレイユは次々と与えられる快感をどう受け止めたらいいかわからなくなり、シーツをギュッと握りしめる。

気持ちよすぎて、おかしくなってしまいそう……！

秘部は粗相をしたのではないかというぐらいの量の蜜で濡れ、ミレイユが身をよじらせるたびに、クチュクチュ淫らな音が聞こえるぐらいだった。

や、やだ、変な音がしてる。アロイスには、聞こえていない……わよね？　自分から出てる音だから敏感になっているだけよね？

恥ずかしいから、どうか聞こえていないでほしいと思っていたミレイユの願いは空しく、その音はアロイスにも届いていた。

「こちらからいい音が聞こえているな」

ドロワーズの上から花びらの間を指先でなぞられると、淫らな水音が響く。

聞こえていた……！

羞恥心と与えられる快感に、ミレイユは身悶えを繰り返す。

「脱がせていいか？」

ミレイユは戸惑いながらも、小さく頷く。

ドロワーズをずり下ろされ、とうとうミレイユは生まれたままの姿となった。

な、なんて恥ずかしいの……。

入浴する時、侍女には全裸を晒している。

その時は特に恥ずかしいとは思ったことはなかったが、アロイスに見せるのは恥ずかしくて堪（たま）らない。

私、変なところとかないかしら……大丈夫かしら……。

「見せてくれ」

（あっ……！）

足を左右に大きく広げられ、アロイスの眼前に自分でもよく見たことがない場所が露わになる。

「ああ……なんて綺麗なんだ」

（あ、あんまり、見ないでください……！）

そう訴えるミレイユだったが、アロイスは秘所を見ていて気付いていない。

ああっ！　もう、声が出ないって、なんて不便なの……！

自分でも見たことのない場所を見られ、ミレイユは恥ずかしくて、どうにかなりそうだった。

足の間にアロイスの綺麗な顔があるのを見るのが恥ずかしすぎて、ミレイユは直視できずに顔を逸らした。

「ヒクヒクして、可愛いな」

ああ、私の……へ、変じゃないかしら……。

ジュールの婚約者として、外見は磨いてきた。しかし、秘部は手入れしようがないので、何もしていないのが余計に不安を煽（あお）る。

「ああ……ミレイユ、あなたは性器までも愛らしい……」

変なところがないか不安で仕方なかったが、花びらの間にある敏感な蕾を舐められた瞬間、頭が真っ白になって何もかも吹き飛んだ。

「…………っ!?」

花びらの間を指で広げ、剝（む）き出しになった蕾をアロイスは夢中になって舐めしゃぶっていた。

そ、そんなところを舐めるだなんて……！

恐る恐る足の間に視線を向けると、アロイスの赤い舌がチロチロ動いて、敏感な蕾を舐めていた。

あまりにも刺激的な光景に、ミレイユは見てはいけないものを見たような気分になって、慌てて目を逸らした。

ああ、そんなところを舐められるなんて……！

羞恥心と興奮が両方押し寄せてきて、顔も身体も熱くて堪らない。

恥ずかしいのに、気持ちよくて堪らないわ……。

あまりにも甘美な快感に、腰がガクガク震える。

舐められるたびにそこの感覚が敏感になっていくみたいで、もう何も考えられない。

（あっ！　あぁ！　ひぁっ……あぁぁっ！）

声が出せていたなら、きっと大きな声が出ていたに違いない。

長い舌にねっとりと敏感な蕾を舐め転がされ、小さな膣口からは泉のように蜜が溢れていた。

快感を与えられているうちに、足元からゾクゾクと何かがせり上がってくるのがわかった。

な、何か……きそう……？

知識があっても、実体験は初めてだったので、絶頂が近付いていることにミレイユは気付いていない。

ただ、この何かがもっと上にきたら、素晴らしい感覚を得られそうだということは本能でわかる。

「あなたのここを舐めることができるなんて、夢みたいだ……ああ、堪らない……あなたが俺のものになってくれるなんて……」

敏感になったそこに熱い息がかかると、それだけの刺激でゾクゾクしてしまう。

小さな声だったし、頭がぼんやりしていて何を話しているかはわからなかった。でも、聞き返す余裕なんてミレイユに残っていない。

再びアロイスがそこを舐め始めると、足元を彷徨っていた何かが一気にせり上がって来て、頭の天辺を貫いていった。

（あぁぁぁぁ……っ！）

ミレイユはガクガク震え、絶頂に達した。

あまりの快感に、本気で死んでしまうと思った。

身体中がとろけて、骨が一本残らずに溶けてしまったように感じる。力が入らなくて、指一本動かすことができない。

アロイスは顔を上げると、唇についた蜜をペロリと舐めながら、絶頂に痺れたミレイユを恍惚とした表情で見下ろした。

「ミレイユ、達ってくれたのか？」

達って？　ああ、そうだわ……これが絶頂なのね。

頷きたくても、身体に力が入らない。代わりにミレイユは、潤んだ瞳でアロイスを見つめた。

「ああ……そうか、嬉しい……」

アロイスはミレイユの内腿に口付けし、強く吸って唇の痕を付けていく。

興奮して眠気なんてどこかへ行っていたはずなのに、絶頂に達したら急激に眠気がやってきた。

ああ、駄目よ。こんな時に寝るなんて、いけないわ。

それは耐えられないぐらい強い眠気で、ミレイユは必死に抗おうとしたが、とうとう眠りに落ちてしまう。

「ミレイユ？」

アロイスに呼びかけられても、ミレイユは起きることができなかった。

「眠ったのか。……そういえば、絶頂に達すると眠くなると聞いたことがあるな」

アロイスは額に張り付いたミレイユの前髪を払うと、そっと口付けを落とした。

「おやすみ、ミレイユ」

ミレイユの汗ばんだ身体や濡れた秘部を綺麗に清め、ナイトドレスを着せ直す。

「……なんだか、悪いことをしている気分だな」

服を着ていても、頬や身体を桜色に上気させているミレイユからは色気がにじみ出ていた。

アロイスの下半身は、先ほどから痛いほどに硬くなったままだ。

「……さて、このままだと眠れないな」

一度部屋から出ようとしたアロイスだったが、ミレイユの艶っぽい寝顔を見てとどまった。

「……ミレイユ、どうか起きないでくれ」

アロイスは大きくなった自身を取り出すと、ミレイユの寝顔を見ながら上下に扱き始めたのだった。

第三章　婚前交渉

船で出発して四日、ミレイユたちは予定通りカランコエ国に到着した。

一行を待ち受けていたのは、カランコエ国王が病気で意識不明になったという知らせだった。

アロイスは国王代理となり、政務に追われているので、顔を合わせることができるのは、夕食の時間ぐらいになってしまった。

ミレイユはアロイスの妃となるための勉強がしたいので、アロイスに頼んで信頼のおける教師を紹介してもらった。

キルステン・マルタ。代々王家の宰相を務めるキルステン公爵家の夫人で、息子が一人、娘が三人、孫が六人いる穏やかな女性だ。

「ミレイユ様、素晴らしいですわ。淑女としての知識や振る舞いは完璧です。私がお教えすることは、カランコエ国の文化や歴史ぐらいですわね」

ミレイユは「ありがとうございます。どうかよろしくお願いします」と紙に書いて、マルタに見せる。

薬を飲み続けて、間もなく一週間が経つ。

ミレイユの声は少しずつ戻りつつあったが、まだ話すだけの声量は出なかった。あともう少しというところだ。

ミレイユの声が戻ってきたことを知ったアロイスは、とても喜んでくれた。相変わらず苦い薬の後には、デザートを用意してくれるのが嬉しい。

父が意識不明の上、政務をこなさなければならないという重圧で、さぞかし心を痛めているだろうと思って、言葉を選びながら労わった。

しかしアロイスは、父親に対して特別な感情はないのと、ここ最近は病気のせいで国王の代行を務めることはたびたびあったので大丈夫だと言っていた。

特別な感情がない……ということは、アロイスも、ミレイユと同じく父と何か確執があるのだろうか。

詳しく聞くことで傷付けてしまっては嫌なので、何も尋ねることができなかったが気になる。

「コルチカムの第一王子は惜しいことをしましたね。こんなにも素晴らしい女性を逃したのですから……なんて、こんなことを言っては、アロイス王子に怒られてしまいますわね。このことはどうか内緒にしてくださいまし」

マルタの笑みにつられ、ミレイユも口元を綻ばせた。

ミレイユの毒殺騒ぎはカランコエ国にも届いていたが、アロイスが誤解だと説明してくれたおかげで、ミレイユを罪人扱いする者は誰もいなかった。

普通なら、説明されただけで信じてくれるはずがない。それだけアロイスに人望があるからこそ信用してくれるのだろう。

その信頼を裏切るわけにはいかない。

アロイスの顔に泥を塗るわけにはいかない。

ミレイユは授業の宿題を終えた後は、王立図書館からカランコエ国の歴史や文化について書いてある本や、カランコエ国と友好関係、敵対関係にある国などの本を借り、睡眠時間をできるだけ削り、夜遅くまで頭に叩き込んだ。

内容は違えど、コルチカム国の時から変わらない日課なので、慣れたものだった。

むしろ今の方が、気持ちは随分楽だ。アロイスの顔に泥を塗るわけにいかないという重圧はあるが、酷い言葉をかけてくる者は誰もいない。

私、自分でも思っていた以上に、お父様とお母様からかけられる言葉に傷付いていたのね。

「ミレイユ様、ご無理なさらないでくださいね。毎日遅くまで勉強なさっていて心配です……今日はお休みなさいませんか？」

夜、いつものように濃い目の紅茶を頼むと、侍女のカルラが心配して声をかけてくれた。

サミュエル公爵家に居た時は、ありえないことだ。

心配されるなんて初めてのことで、ミレイユは目を丸くする。

『平気だから大丈夫よ』と紙に書いて見せると、カルラの表情が暗くなった。

え、どうして？

「ですが、ミレイユ様は船で移動中の時からちっともお休みなさっていません。濃い目の紅茶をお飲みになられるのは、眠気を覚ますためですよね？　睡眠不足はお身体に悪いです。どうかお休みください」

こんなに心配してくれるなんて……。

カルラの気持ちが嬉しくて、胸の中が温かくなる。

心配してもらえるのって、こんなにも嬉しいことだったのね。

『心配してくれてありがとう。今日は休むことにするわ』と書いて見せると、カルラがホッとした表情を見せる。

「ええ、そうなさってください。ホットミルクをお持ち致しましょうか？　身体が温まって、よく眠れますすよ」

ミレイユが頷くと、カルラがホットミルクを持ってきてくれた。

「飲み終わりましたら、身体が温まっていらっしゃるうちにベッドに入って眠ってくださいね」

カルラが去った後、ミレイユはホットミルクを飲んだ。蜂蜜で甘みが付けてあって、優しい味がする。

カルラ、ありがとう……。

カルラだけでなく、カランコエ国城の使用人たちは皆優しかった。

シェフはカルラを通してミレイユから食事の感想を聞き、彼女の舌に合うように味付けを工夫してくれるし、ガーデナーもミレイユの好きな花を植えたいからと好きな花を教えてほしいとカルラを通して尋ねてきた。

これはごく一部だ。皆の優しさに触れるたび、ミレイユは涙が出そうになるのを堪えるのが大変だった。

アロイスが優しいから、集まる人もきっと優しいのね……。

アロイスのためにも、皆のためにも、誰からも称賛される完璧な王子妃になりたい。

前までは強制されてそう動いてきたが、今は違う。自らの気持ちでそう思う。

カルラ、ごめんね。でも、私、頑張りたいの。

ミレイユはホットミルクを飲みながら、借りた本を開いた。

しかし紅茶と違って眠気が覚めることはなく、身体が温まったミレイユは一時間もすると机に突っ伏して眠ってしまい、翌日カルラに見つかって叱られてしまったのだった。

◆◇◆

カルラに怒られた夜、ミレイユは寝る準備を全て整えた後、ようやく話せるだけの声量を出すことができるようになったことに気が付いた。

嬉しくて、さっきから用もないのに声を出してしまう。

「ふふ、声が出るのって、こんなに嬉しいことだったなんてね」

誰かと話したいが、こんな深い時間だから無理だ。

一番に話せるのは、カルラね。アロイスと話せるのはいつかしら。

多忙なアロイスは、一日に数分しか会えない日もある。

その数分もきっとものすごく努力して捻出してくれた時間のはずだ。自分のために頑張ってくれるのが嬉しくて、とてもありがたい。

早く会って、お話がしたい……。

誰かに会いたいと思うのは、アロイスが初めてだった。彼が自分の中で特別になっていくのがわかる。

「もしかして私、アロイスのことを好きなのかしら……」

「あー……」

言葉にすると、胸にストンと落ちてしっくりくる。

私、アロイスのことが、好きなんだわ……。

小説や観劇で恋愛を題材にしたものをいくつも見てきた。けれど過去のミレイユは、自分には一生縁がないことだと思っていた。

ジュールと結婚するから他の者に目を向けるわけにはいかないし、かといって彼に恋心を抱けそうにはなかった。

私に好きな人ができるなんて驚きだわ。それも夫となる人に――。

幸せ過ぎて、胸の中が温かい。

好きだと自覚したら、もっと会いたくなってきてしまった。

「アロイス、会いたい……」

すると部屋の扉をノックされた。カルラが心配して、今日こそはちゃんと寝るようにと言いに来てくれたのだろうか。

返事をしようとしたが、驚いた顔が見たいと思って声を出すのはやめた。

カルラ、どんな顔をしてくれるかしら。

ワクワクしながら扉を開けると、そこに立っていたのはアロイスだった。

「アロイス！」

「！　ミレイユ、声が出せるようになったのか？」

まさか、今日お会いできるなんて……！

抱きつきたくなる衝動を堪え、高鳴る心臓をナイトドレスの上から手で押さえた。

「はい、先ほど！」

「そうか。よかった……」

「心配してくださって、ありがとうございます」

アロイスは嬉しそうに口元を綻ばせ、長い指でミレイユの唇に触れた。

「もう一度、俺の名前を呼んでくれるか？」

「ええ、アロイス」

「なんて可愛い声なんだ」

「そ、そんな。普通です」

「本当に可愛い。ミレイユ、もう一度頼む」

「アロイス？」

「ああ……ミレイユに名前を呼んでもらうと、自分の名前が特別になったような気がする」

私もだわ……。

アロイスに名前を呼んでもらうと、自分の名前が特別になったように感じて、大好きになる。

アロイスはカップを二つ載せたトレイを片手に持っていた。チョコレートのいい香りがする。

「アロイス、それは？」

「あ、このままだと冷めてしまうな。ホットチョコレートを持ってきたんだ」

「えっ！　私のために？」

「ああ、カルラからミレイユが遅くまで勉強していると聞いて、今日もしているんじゃないかと思って、差し入れしにきた。俺の勘は正しかったようだな」

机の前の開いたままの本を見て、アロイスはニヤリと笑う。

「わあ、嬉しいです。アロイス、ありがとうございます」

「一緒に飲もう」

「ええ、ぜひ」

二人で並んでソファに腰を下ろし、湯気が立つカップを持った。

「熱いから気を付けるんだぞ」

「はい、いただきます」

ふぅふぅと息を吹きかけ、ゆっくり口の中に流し込む。

チョコレートの甘みとミルクの優しい味わいが口の中に広がる。

「んん〜……っ！　美味しいです」

美味しくて、疲れが吹き飛んでいくみたいだわ。

「そうか。よかった。実は俺が作ったんだ」

「……えっ⁉　アロイスが？」

「ああ、シェフに習ってな。初めてだから上手に作れたか不安だったが、その反応を見て安心した」

お忙しいのに、私のために……。

あまりにも嬉しくて、幸せで、涙が出そうになる。

私、アロイスに出会ってから、泣き虫になってしまったみたい。

「お忙しいのにありがとうございます。本当にありがとうございます」

ミレイユが涙を堪えてお礼を伝えると、アロイスが気恥ずかしそうに笑う。

「喜んでもらえてよかった」

よく見ると、アロイスのカップに入ったホットチョコレートの色は随分と濃い。コーヒーぐらいの色だ。

チョコレートが、多めなのかしら？

アロイスが自身のカップに口を付けると、「うっ」と声を漏らして眉を顰(ひそ)めた。

「えっ！　大丈夫ですか？」

「ああ、大丈夫だ。少々苦かった」

「チョコレートを入れすぎたんですか？」

「いや、焦げた」

「焦げた？　でも、私のは、大丈夫ですが……」

「ミレイユに渡したのは二回目に作ったもので、これは一回目に作ったものだ。最初から上手く作れたと格好付けたかったんだが、バレてしまったな」

苦笑いをするアロイスが愛おしくて、また抱きつきたい衝動に駆られたが、カップを持っていたおかげで我慢することができた。

「私にも一口頂けますか？」

「苦いぞ？」

「平気です。あのすごい味がする喉の薬を一週間以上飲み続けていますから」

「それもそうだな」

笑うアロイスからカップを受け取り、一口飲んでみる。

「うっ」

ミレイユのホットチョコレートとは比べ物にならない苦さだ。

お、思ったより苦かったわ。

「苦いだろう？」

「こ、これはお飲みにならない方がいいのでは？」

「無駄にしては勿体ないからな」

アロイス様のこういうところ、すごく好き。

ミレイユの知っている貴族は、口に合わないものはすぐさま捨てていた。口を付けたものはともかく、手を付けていないものは使用人や食事に困っている人に分けてあげられたら……と何度も思っていたものだ。

「それにミレイユと一緒なら、なんでも美味しく感じる」

「アロイス……」

アロイスはミレイユからカップを受け取ると、顔を近付けてちゅっと唇を吸った。

口付けをするのは、初めて身体に触れられた日以来だ。そもそもカランコエ国に来てから、二人きりになれたのは今日が初めてだった。

なんだかこの前のことを思い出して、意識してしまうわ……。

「どんなに苦いものを飲んでも、ミレイユの唇は甘いな」

「そ、そんなはず……んんっ」

再び唇を奪われ、ペロリと舐められる。

「ほら、甘い」

「～～……っ」

照れくさくて、アロイスの顔が見られない。

「カルラから、船の中でも、カランコエ国に来てからも、寝る時間を削って勉強していると聞いている。俺の妻になるからといって、気負い過ぎていないか？」

「いえ、そんな」

「あまり頑張りすぎないでくれ。身体を壊すんじゃないかって心配なんだ」

『多少寝なくても平気だ。もっと勉強をしろ。歴代の王妃の中で一番だと言われるようになれ。お前は出来が悪いのだから、人並み以上にやって当たり前なんだ。さらに上を目指して努力しろ』

『ミレイユ、もっと頑張りなさい。あなたがしっかりしないと、サミュエル公爵家の名に泥を塗ることになるのよ』

　かつてサミュエル公爵家でジュールの妻となるため努力をしていた時、どんなに頑張っても認めてもらえるどころか、頑張りが足りないと怒られた。

　空しくて、悲しくて、胸の中が常に黒いモヤモヤした何かで満たされていて、どんなに息を吸っても苦しくて窒息しそうだった。

　でも、今は違う。

「ありがとうございます。私、無理はしていません。今までは頑張るのが辛かったんです。

でも、今は違います。頑張るのが楽しいんです。ですから、心配なさらないでください」

するとアロイスは、ミレイユの頭をポンと撫でた。

「……そうか。でも、連日の夜更かしはよくないな」

「ほどほどにします」

ミレイユが無理をすると、アロイスやカルラに心配をかけてしまう。コルチカム国に居た時とは違うのだから、自分も改めようとようやく思えた。

「そうしてくれ。また夜更かしするようなら、今度はホットミルクを持って子守歌で寝かしつけに行くからな」

「ふふ、アロイスの子守歌は聞いてみたいです」

不思議な感じだ。少し前までは、こんな穏やかで幸せな気分になる日が来るなんて思っていなかった。

「歌にはあまり自信がないが、これからは歌う機会もできるだろうから練習しておかないといけないな」

「私が夜更かしするってお疑いですね？」

「疑ってはいないが、ほら、そのうち俺たちの間にも子供ができるかもしれないだろう？」

「あっ……」

ミレイユはようやく意味を悟り、頬を赤く染める。

「夜に眠れない時は、歌ってやりたいと思っている」

「そうですね。一緒に歌ってあげましょう。カランコエ国の子守歌は、どんな歌なんですか？」

「俺も一部しか知らないな。明日、ケヴィンに聞いてみる。コルチカム国の子守歌はどんな歌なんだ？」

「あ……私もよく知らなくて」

「歌ってもらったことがないのか？」

厳しく育てられたミレイユは、子守歌を歌ってもらった記憶がない。唯一聞いたことがあるのは、母がミシェルに歌っている時だ。

「ええ、そうなんです。甘やかしてもらったことがなくて……でも、ミシェルが歌ってもらっているのを聞いたことがあるので、全く知らないわけではないんですが」

でも、あの歌を聞いたら、歌ってもらいたくても、歌ってもらえなかったあの時の気持ちを思い出して、悲しくなりそうだ。

ミレイユの表情に陰りが出たことに気付いたアロイスが、彼女の小さな手をギュッと握る。

「！　アロイス……」

「そうか、じゃあ、一緒にカランコエ国の歌を覚えよう」

「ええ、ぜひ」

乾いて草木が生えない心の中に、アロイスが思いやりという種を植えて、優しさという水を与えてくれる。

「自分で子守歌を作る親もいるそうだ」

「自分で？　それは楽しそうです」

「俺たちも作ってみようか……って、まだ結婚もしていないのに、気が早いか」

気恥ずかしそうに笑うアロイスにつられ、ミレイユも頬を染めて笑う。

アロイスは、私に同情して、妻にすると言ってくれたのよね……。

どういう気持ちで求婚してくれたのか、わかりきっていることだけど、本人の口から聞いて確かめたい。でも、知りたくない。

相反する気持ちが、心の中で戦う。

「アロイス……」

「ん？」

「あの、聞きたいことがあって……」

「なんだ？」

「あ、の……」

アロイスを好きになってしまったから、同情だって聞いたら辛くなる。でも、本当のことが知りたい。

幸せなのに、その幸せを自ら壊しにいってしまうようなことをしてしまうのは、どうしてだろう。

「……アロイスは、どうして私に求婚してくださったんですか？」

ああ、とうとう聞いてしまった。

傷付くってわかっているのに、私の馬鹿……。

するとアロイスの顔が、みるみるうちに赤くなっていく。

え、どうして赤くなるの？

「いつかは言おうと思っていたんだが、照れくさくて……な」

「照れくさくて？」

同情したのが照れくさい……？　ん？　どういうこと？

ミレイユが小首を傾げると、アロイスが口を開いたり閉じたりを繰り返し、ついに意を決したように話し始めた。

「実は……ミレイユのことが、ずっと好きだったんだ」

「え？」

アロイスが、私を好き？　ずっと？　どういうこと？

アロイスはカランコエの王子で、ミレイユはコルチカム国の王子の婚約者ということもあり、お互いのことは知っていてもおかしくない。でも、話したことはないはずだ。

もしかして、同情して求婚したと言えば傷付くと思って、気を使って嘘を吐いてくれているのだろうか。

だとしたら、それは悲しい。

「でも、私たち……お話したことは、ありませんよね？」

「ああ、でも、俺は子供の頃から、ミレイユのことを知っている」

「子供の頃から？」

どういうこと？

「ミレイユを初めて見たのは、コルチカム王城のどこかの廊下だった。俺は父について、建国記念日の祝いに来ていたんだ」

「えっ！　そうだったんですか⁉　でも、私、子供時代のアロイスのこと、知りません」

記憶を何度も辿るが、やっぱり覚えていない。アロイスは子供の頃も美しいはずだから、記憶に残らないはずがないのだ。

「ああ、俺が一方的に見ていただけだからな」

「そうだったんですね……」

子供時代のアロイス、見てみたかったわ……。

「俺は父と折り合いが悪くて、一緒の行動が嫌で仕方がなかった」

やっぱり、アロイスもお父様と確執があるのね。

「よく隙を見て離れては叱られ、そのたびにうんざりしていたよ。そしていつものように父から離れた時に、ご両親に厳しいことを言われているミレイユを見つけたんだ」

「そ、そんなお恥ずかしいところをご覧になられていたなんて」

できれば、ちゃんとしたところを見てほしかった。

好きな人の前では、少しでもいいところを見せたいものだ。

「恥ずかしくなんてない。ご両親は厳しい……というより、酷い言葉をかけていた。あまりに酷くて止めに入ろうとしたんだが、ミレイユは泣かずに堂々としていた。背筋を伸ばして、真っ直ぐにご両親を見て……その姿は子供離れしていた」

泣くと余計に怒られるし、もう両親の辛辣な言葉には慣れきっていたというのもあるかもしれない。

「堂々とするミレイユの姿を見て、なんて立派な子なんだろうと尊敬したんだ。そして泣き言ばかりいう自分が恥ずかしくなった。自分より年下の子があんなにしっかりしているのに、俺は……ってな。俺もミレイユみたいにならなくてはと思って、それ以来ミレイユを目標に頑張ることにしたんだ」

「まさか、そんな風に思っていただけたなんて……」

「その日以来、俺は父から逃げることはやめた。ミレイユのようにならなくては、ミレイユならどうするか、そんなことを考えて行動するようになったんだ」

あの時の自分が聞いたら、どんなに喜ぶだろう。

ずっと誰にも認められず頑張ってきたミレイユにとって、アロイスの言葉はあまりにも嬉しくて涙が出そうになる。

「国に帰ってからも、ミレイユのことが忘れられなかった。もっとミレイユのことが知りたくて調べたら、ミレイユの正体が、サミュエル公爵家の令嬢で、ジュール王子の婚約者だということがわかった。落ち込んだよ。ジュール王子のことも、勝手に敵対視した。その時は自分の心にまだ気付いていなくて、なぜそんな気持ちになるかわからなかった」

胸がドキドキして、ミレイユは思わず服の上から心臓を押さえる。

「二度目にミレイユを見つけたのは、ホールの片隅だった」

「えっ！　二度目もあったんですか？」

「ああ、俺は三度ミレイユを見ているんだ」

「三度も!?」

もう、私、どうして気付かなかったの!?　幼い頃のアロイスが見てみたかった……！

時間が戻せるなら、今すぐその三度に戻りたい。

「二度目はジュール王子に理不尽なことを言われていたよ。俺の嫌いな色のドレスを着るなんて、嫌味のつもりか？　わざとだろうと因縁を付けられていた」

「ああ……」

そんなこともあったわね……。

幼少期から青年期にかけて、ジュールの酷さは変わっていない。

何か一つでも優しくされたことがあれば、いいところもあると思えるが、何一つよくしてもらったことはなかった。

口を開けば文句や嫌味ばかりで、顔を合わせるのが憂鬱だった。会う予定がある前日は、胃がキリキリ痛んだものだ。

「あまりに酷い言い方だったんだ。一国の王子がどうとか、国家間の関係がうんぬんなんて考えずに飛び出していこうとしたところ、ケヴィンに止められた」

想像したら、笑ってしまう。

「ケヴィンと揉み合いになっている間、ミレイユは絶対に泣いてしまうと思ったが、毅然とした態度で、ただの偶然だと答えたんだ。それを聞いて、ジュール王子はバツが悪そうな顔をしてどこかへ行った。一度目のことといい、なんて強い女の子だろうと感動して、俺はますますミレイユに夢中になったよ」

「ふふ、ケヴィン様もいらっしゃったんですね」

「ああ、父上は巻くことができるが、ケヴィンはいくら振り切ろうとしても、気が付いたら後ろにいるから結構怖かった覚えがある」

「うふふ、ケヴィン様、すごいです」

ジュールに言いがかりを付けられた日は、気分が悪くて仕方がなかったけれど、アロイスにそう思ってもらえるのならいくらでも嫌がらせをされてもいいと思ってしまう。

「――そして三度目は、城の庭の片隅だった」

「あ……」

ミレイユはジュールの婚約者という立場上、城に行くことが多かった。どうしても我慢できない時は、庭の片隅に隠れて涙を流していたことを思い出す。

もしかして、その時に？

「今度は一人だった。そしてミレイユは泣いていたよ」

やっぱり……。

「それを見て、ミレイユは強いんじゃなくて、強く見せようとして努力しているんだってことに気が付いた。そしてなんらかの理由で、一人の時にしか、弱いところを見せられないんだろうと……」

「……はい、泣いては叱られてしまいますから。将来王妃になる者として、完璧じゃないといけないと両親に厳しく言われていて、弱みを見せることは禁止されていたんです。でも、どうしても我慢できない時は、隠れて泣いていたんです」

誰にも見られていないと思っていたのに、まさかアロイスに見られているだなんて……。

「辛かったな」

「いえ、そんな……」

声が震える。

本当に辛かった。できることなら思い出せないようにしてほしいくらいに。

「他国の王子が、婚約者のいる令嬢に声をかけることで、ミレイユにとって不利益な噂がたつかもしれないと声をかけられなかった……だから、ミレイユが泣き止むまで隠れて見ていたんだ」

一人ぼっちだと思っていたのに、そうではなかったのね……。

「何もできない自分がもどかしくて、悔しかった。国に帰ってからもミレイユの泣き顔が忘れられなくて、自分ならあんな思いをさせない。たくさん愛して、優しくして、いつも笑顔でいられるようにするのにと思っていた」

「アロイス……」

「そこで自分の心に気が付いたんだ。ミレイユのことが好きだって」

「……っ」

とうとう我慢できなくなり、ミレイユは大粒の涙をこぼした。

アロイスはミレイユの涙を指で拭い、優しく抱きしめた。

「一人にして済まなかった」

「いいえ……いいえ……っ」

まるで幼い頃の自分も一緒に抱きしめられたような気分になる。

「あの時から、ずっとこうして涙を拭って、抱きしめたかった。ずっと、あなたが好きだった。ミレイユ……」

アロイスはポケットから小さな箱を取り出し、開いた。中に入っていたのは、大きなダイヤの付いた指輪だった。

「指輪……」

「ああ、婚約指輪だ。今はまだ、俺のことを好きにはなれないだろうが、いつか俺のことを好きになってくれたら嬉しい。好きになってくれなくとも、隣に居てくれたら、俺はそれで幸せだ」

ソファから下りて膝を突き、涙を流すミレイユの左手を取って薬指にはめた。

「ミレイユ、俺とどうか結婚してください」

「はい……っ」

ミレイユはソファから下り、アロイスに抱きついた。彼はしっかり受け止めると、真っ赤になった頬にちゅっと口付けする。

「嬉しい」

「私もです……あの……」

「ん？」

「いつかじゃなくて……もう、好きです」

「え？」

身体を離すと、アロイスが目を丸くしていた。

「私、生まれて初めて、恋をしました。アロイス、優しいあなたが大好きです」

「俺を喜ばせようと思って、無理をして言っているのではなく？」

ミレイユは首を左右に振り、涙を拭ってアロイスの目を真っ直ぐに見つめた。

「ずっと悲しくて、寂しくて、苦しかった私の心は、あなたの優しさで癒(いや)されました。幼い頃の私と今の私、両方を救ってくださいました。あなたと一緒にいると胸の中が温かくて、心臓がドキドキして、こうして触れたくなるんです。こんな気持ち、初めて……この気持ちを、恋って言うんだと思います」

ミレイユはアロイスの大きな手をギュッと強く握った。

どんな言葉も、もどかしく感じる。心の中に芽生えたこの大きな気持ちは、表現しきれない。心の中を覗いてもらえたら、どんなにいいだろう。

「……っ……夢のようだ」

搾り出すような声を出したアロイスは、ミレイユの唇を奪った。

「ん……ふ……んん……」

角度を変えながら唇を合わせ、やがては情熱的なものになっていく。

長い舌がミレイユの咥内をなぞった。舌を絡め合うと、気持ちよくてとろけてしまいそうだった。

「ああ……ミレイユ、困った……」

「どうなさいました？」

「このままだと、ベッドに連れて行きたくなってしまう」

気恥ずかしそうに話すアロイスが愛おしくて、ミレイユはクスッと笑う。もちろん、彼女も同じ気持ちだった。

未婚の女性は、結婚するまで乙女でなければならないと教えられてきたから、婚姻前に身体を繋げるなんて、以ての外だと思っていた。

ミレイユを自分たちの体裁の道具とする両親の教えなんて、守る気になれない。

もし、両親に愛されていたとしても、そんなことはどうでもいいと思えるほど、アロイスが好きだった。

「私も……連れて行っていただきたいです」

「えっ」

アロイスが目を丸くする。ミレイユの答えに驚いているのだろうか。

撤回した方がいいだろうかと悩んでいたら、アロイスが頬を赤く染めた。

……………もしかして、はしたないと思われてる⁉


「本当にか？」

「は、はい……」

「ベッドに連れて行くっていうのは、ただ一緒に眠るということじゃなくて、またこの間みたいにするということだが、わかっていて言っているのか？」

「そうです。あの、はしたないでしょうか……だとしたら、私、我慢します」

いや、我慢すると言うのは、情事に積極的だと思われてしまうだろうか。

ああ、私、さっきから失言を口にしているような気がするわ……！

王子妃になるため完璧な令嬢を目指していて、その場に相応しい言葉が出るように会話の特訓だってしてきた。それなのに、アロイスを前にしたらすべて吹き飛ぶ。

「ちっともはしたなくな……いや、未婚の令嬢が婚前交渉するというのは、世間一般からすると、そう思われるかもしれない」

では、やはり、アロイスと結ばれるのは結婚した後……になるのだろうか。

私、本当にはしたないのかもしれないわ。ガッカリしているもの。

「それでも俺は、ミレイユが今すぐに欲しい」

「えっ」

「どうしても欲しい。ミレイユ、どうか俺のためにはしたなくなってほしい」

アロイスはミレイユの手を取り、真っ直ぐに見つめて真剣に頼んでくる。ミレイユは驚きながらも、頬を染めて頷いた。

よかった。待たなくてもいいのね！

「はい、アロイスが幻滅しないでいてくださるなら、私は喜んではしたなくなります」

「幻滅なんてとんでもない。もっと好きになる」

「きゃっ！」

アロイスはミレイユを横抱きにすると、ベッドへ向かう。

「アロイス、私自分で歩けます」

「少しも離したくないんだ」

「で、でも、重いですし……」

「鍛えているから平気だ。それにミレイユは重くない。むしろ軽すぎないか？」

そんなことを話しているうちに、ベッドに着いた。アロイスはシャツを脱ぎ捨てると、ミレイユのナイトドレスを脱がせていく。

鍛えられた胸板や腹筋が視界に入り、ミレイユは目のやり場に困ってしまう。

み、見ていいものかしら？　それとも目を逸らすべき？　ジッと見るのははしたないわよね。あ、でも、はしたなくなるって約束をしたのだから、見ていてもいいもの？

見ていたいのが本音だけれど……。

　興奮と混乱で、頭がよく回らない。結局ミレイユは、目を逸らすことなくアロイスの身体を眺めた。

　あれこれ考えているうちに、ミレイユは生まれたままの姿にさせられた。アロイスの情熱的な視線を感じると、羞恥心と興奮で身体が熱くなる。

「……っ……」

　す、すごく、見られているわ……。

「……クラクラする」

「えっ⁉　貧血ですか？　ずっとお忙しかったですし、ご無理されているせいかしら。大変だわ。すぐ横になってください」

　アロイスの頬を両手で包み込むと、ちゅっと唇に口付けされた。

「んっ！　アロイス？　横に……んんっ」

　アロイスは何度もミレイユの唇に、自身の唇を押し当てた。

「アロイス……んっ……だめ……っ……横に……」

「大丈夫、具合が悪いわけじゃないんだ。むしろ絶好調だ」

「でも、クラクラするって……」

「クラクラするのは、興奮しているからと、ミレイユの身体が、あまりにも素晴らしすぎて目がくらんでいるんだ」

「わ、私の身体なんてそんな……あっ」

アロイスはミレイユを押し倒すと、豊かな胸を揉み始める。

「ぁ……っ……んんっ」

大きな手に胸の形を変えられるたびに、赤い唇から甘い声がこぼれた。

や、やだ、変な声が出て……。

「可愛い声だ」

「や……恥ずかし……っ……んんっ」

声が出る分、この間以上に羞恥心を感じる。頑張って抑えようとしても、ちっとも抑えられない。

「恥ずかしがっているところも可愛い。もっと聞きたい……聞かせてくれ」

尖った先端を指先でなぞられると、大きな声が出た。

「ぁんっ！　や……アロイス……恥ずかし……っ……んっ……だめ……声、出させないで……くださ……あぁっ」

「ああ……なんて可愛いんだ」

右胸を指先で弄られ、もう一方を唇と舌で可愛がられた。

「んっ……ぁっ……ぁっ……や……んんっ……！」

弄られるたびに感覚が敏感になっていって、ミレイユはビクビク身をよじらせながら、甘い声をあげ続けた。

秘部は蜜で溢れ返り、シーツまで濡らしている。

花びらの間がヒクヒク疼いて切ない。この前初めて触れられたことで、ここに与えられる快感を覚えていた。

ここにも触れてほしい——。

ああ、私、本当にはしたないわ。

あまりにも切なくて、膝をすり合わせてしまう。

「……っ……ン……」

アロイスもそのことに気付いたらしい。胸を弄っていた手が太腿に移動して、薄い恥毛を撫でた。

「ぁ……っ」

そこを撫でられると、肌がゾクゾク粟立つ。花びらの間は指が近付いたことで期待しているのか、ますます激しく疼き始めた。

「薄いから、割れ目が透けているな」

花びらの上を指先でなぞられると、じれったい刺激が中に伝わってくる。

「んぅ……っ……や……恥ずかし……ぃ……です……」

早く間に指を入れて、敏感な蕾を弄ってほしい。

自ら大きく足を開きそうになる衝動が襲ってきて、ミレイユはギュッとシーツを握りしめて堪えた。

ああ……これ以上焦らされたら、おかしくなってしまいそう。

ミレイユは瞳を潤ませ、無意識のうちに強請るような表情でアロイスを見つめた。

「そんな表情で見つめられたら、理性が飛びかねない」

「え？　あっ！」

長い指がとうとう花びらの間を滑り、敏感な蕾を撫で転がす。

同時に胸の先端も唇と舌で可愛がられ、同時に大きな快感を与えられたミレイユは、シーツを握りしめながら、大きな嬌声（きょうせい）を上げた。

「あぁ……っ……や……っ……んんっ……気持ち……ぃ……っ……ぁんっ！　はぁん……あっ……ぁんっ！」

さっきとは別の意味でおかしくなりそうだ。でも、やめてほしくない。

もっと、もっとこの快感を味わいたい。

足元から何かがせり上がってくるのを感じ、頭が真っ白になっていく。

また、この前と同じ感覚……！

「あ……っ……き、きちゃ……ぅっ……んっ……あっ……あっ……あぁぁぁっ！」

ミレイユは一際大きな声を上げ、絶頂に達した。

ああ、なんて気持ちいいの……。

身体中から力が抜けて、指先一本すら動かせないほどにとろけていた。

「達ったんだな。ミレイユ、気持ちよくなってくれたか？」

「はい……すごく……すごく、気持ちがよくて……頭がフワフワしています」

「そうか。嬉しい」

花びらの間にある指が、小さな膣口に触れた。

「ぁ……っ！」

指を入れられるのがわかって、とろけた身体が緊張で強張る。

そこに初めて男性を受け入れる時は痛むと聞いたが、どれくらい痛いのだろう。

靴擦れした時より痛いかしら……。

「ミレイユ、怖がらなくても大丈夫だ。優しくする」

アロイスがちゅ、ちゅ、とあやすように、額や頬に口付けしてくれた。

「はい……」

大丈夫、アロイスに与えられるのなら、どんな痛みでも耐えられるわ。

痛みに備えてギュッとシーツを握りしめていると、アロイスがその手を掴んだ。

「アロイス……？」

「シーツじゃなくて、俺の身体を掴んでほしい。痛かったら、爪で引っ掻いてくれ。本当は痛むのを代わってやれたらいいんだが……」

アロイスの優しさが嬉しくて、ミレイユはシーツを掴むのをやめて、逞（たくま）しい身体に抱きついた。

服越しに抱き合うより、裸の方がずっと温かくて、心地いい。癖になってしまいそうな感触だ。

「大丈夫です。私、アロイスと一つになれるのなら、どれだけ痛くても耐えられます」

「ありがとう。ミレイユ。ミレイユ」

アロイスはミレイユの頬や耳に口付けしながら、蜜で溢れた膣口にゆっくり指を押し込んでいく。

「んん……っ」

「痛いか？」

ミレイユは首を左右に振った。想像していた痛みよりも軽くて、それよりも異物感の方が強かった。

「本当に？　無理していないか？」

「はい、大丈夫……みたいです。少しだけ痛いですけれど、でも、思っていたより痛くないです」

「そうか、よかった。動かしても大丈夫そうか？」

頷くと、長い指がゆっくりと動き始める。

「ぁっ……んんっ」

指を動かされるたびにヌチュヌチュ淫らな音が聞こえてきて、アロイスに秘所を弄られているのだとより意識させられる。

アロイスの指が、私の中に……。

「ミレイユの中、温かくて、ヌルヌルしているな……」

耳元でささやかれると、息がかかってゾクゾクする。

指が往復するたびに、痛みや異物感が引いていく。

慣れてきたのかもしれない。指の根元まで入れられると、手の平が敏感な蕾に擦れて、甘い快感が広がっていく。

「ン……アロイスの指……も、温かい……です……は……んんっ……」

アロイスの指が、私の中を弄っている。

アロイスと、淫らなことをしている。

そう思うと興奮が高まって、アロイスの長い指でも届かない場所がキュンと切なく疼いた。

「今、中が締まったな？」

「……っ……は、恥ずかしい……です……ぁんっ……あぁ……っ……」

アロイスに弄られるたびに新たな蜜が溢れて、いやらしい水音がどんどん大きくなっていく。

な、なんて音なの……恥ずかしいわ。

でも、その音は間違いなくミレイユの興奮を煽っていた。

慣らすように動いていたアロイスの指が、何かを探るように動き始める。

どうしたんだろうと思っていたら、ある場所に触れられると甘い快感が襲ってきて、身体がビクッと跳ね上がった。

「ぁっ！」

「ここが気持ちいいのか？」

「ぁ……っ……ぁっ……や……そこ、んんっ……気持ちぃ……っ」

今までのとは別の種類の快感がやってきて、どう受け止めていいかわからない。

何？　気持ちいい……でも、変な感じだわ。

ミレイユはビクビク身悶えを繰り返しながら、アロイスにしがみついた。

「そうか、ここがミレイユの中にある気持ちいいところか」

まるで宝を見つけたような反応だ。アロイスは嬉しそうに口元を綻ばせ、そこをノックするように押してくる。

「や……んんっ……そこ、押されると……ぁっ……あぁっ……あぁぁっ」

ミレイユは大きな声を上げ、再び甘い快感の頂点に達した。

ああ、なんて恥ずかしい声――。

羞恥心すらも、今のミレイユには快感のスパイスとなっていた。

「ふふ、また達してくれたな。ミレイユの気持ちいいところを知れるのが嬉しい。たくさん覚えて、ミレイユをもっと気持ちよくしたい」

今ですら、おかしくなりそうなぐらい気持ちいいのに、これ以上だなんてどうなってしまうのだろう。

アロイスは指を引き抜くと、たっぷりとついた蜜を舐め取っていく。

「あ……っ……アロイス、いけません。そんなの舐めたら……汚いです……」

「汚くなんてない」

「で、でも……待ってください……だ、駄目です……あっ」

ミレイユが止めるのも聞かず、アロイスは指に付いた淫らな蜜をすべて舐め取ってしまった。

な、なんてこと……。

でも、アロイスの気持ちが嬉しい。

絶頂の余韻で痺れて動けずにいると、足を左右に大きく広げられた。

「あっ！」

「綺麗だな……ずっとこうして、見ていたくなる」

「……っ……そんな……の、恥ずかしくて……」

自分の足の間から、アロイスの綺麗な顔が見える。あまりにも恥ずかしくて、顔から火が出そうだった。

とうとう、アロイスの欲望を入れられるのかと思って、また緊張して身体が強張ってくる。

しかし、ミレイユの予想とは裏腹に、彼は花びらの間を広げて、興奮と快感でぷくりと膨れた蕾をペロリと舐めてきた。

「ひぁんっ！　ア、アロイス……？」

「ん？　どうした？」

「あ、あの、その……」

入れないのですか？　……なんて、聞けないわ。恥ずかしいもの！

「うん？」

「あ、の……っ……」

他の表現を探すが、快感でとろけた頭ではちっとも考え付かない。

「……っ……なんでもありません」

熱くなった頬を両手で包み込み、足の間からこちらを見るアロイスから目を逸らすとクスッと笑われた。

「ど、どうして笑うんですか？」

「ミレイユがあまりに可愛いからだ」

アロイスは内腿に吸い付き、赤い痕を散らしていく。

「可愛くなんて……ぁっ……んんっ……ぁあっ」

一瞬だけ舌で舐められた敏感な蕾が、こちらにも刺激が欲しいと強請るようにひくついていた。

「ミレイユ、もっと気持ちよくなってくれ」

長く熱い舌が、再びミレイユの花びらの間をなぞった。

「あぁ……っ！」

待ち望んでいた快感を与えられ、ミレイユはビクビク身悶えしながら大きな嬌声を上げた。

「こちらも一緒に気持ちよくしようか」

「え？　あっ」

膣道に指も入れられ、中と外の両方の性感帯を刺激された。

「ぁ……っ……な、中も……だなんて……んっ……ぁん……っ……ひぁっ……あぁんっ！

は……んんっ……！」

新たな蜜が溢(あふ)れ出し、長い指が出し入れされるたびにグチュグチュ淫らな水音が響く。

頭がおかしくなってしまいそうなほど、気持ちいいわ……。

敏感な蕾を吸い上げられ、中の感じる場所をグッと押された瞬間、瞼の裏に快感の火花が散った。

ミレイユは快感の頂点へ押し上げられ、一際大きな声を上げた。

とろける頭の中で、ミレイユは過去に、こういった行為に溺れる人がいると聞いたことがあるのを思い出していた。

聞いた当時は、なんて愚かなのだろうと思っていたが、今ならその気持ちがとてもわかる気がした。

好きな人からこんなにも気持ちよくされたら、溺れてもおかしくない。

そんなことを考えていたら、アロイスの舌と指が再び動き始めた。

「ひぁ……っ!?　ア、アロイス……？」

「女性は男と違って、何度も絶頂に達することができるそうだ。ミレイユ、たくさん気持ちよくなってくれ」

「あ……っ……もう、私、十分気持ちよく……あっ……あぁ……っ……！」

アロイスはミレイユのとろける身体に快感を与え続け、一度だけでなく、何度もミレイユを高みへ連れて行った。

ミレイユは途中から何度果てたのか数えていられなくなり、なんとか意識をとどめておくので精いっぱいの状態だった。

少しでも気を抜けば、眠ってしまいそうなぐらい身体はとろけていて、お腹の奥は燃えるように熱い。

「たくさん達ってくれて嬉しい。ああ、なんて色っぽくて、綺麗なんだろう。この光景を絵に残しておくことができたらいいと思ってしまう」

「駄目……です。そんなの……恥ずかしくて……」

「安心してくれ。俺には絵心がないから無理だ。それにミレイユの裸は誰にも見せたくないから、画家を呼ぶわけにもいかないしな」

唇に付いた蜜を舐めたアロイスは、下履きから大きな欲望を取り出す。ミレイユはそれを見た瞬間、快感でとろけていた瞳を見開いてしまう。

これが、アロイスの……！

ミレイユは教育の一環で、図鑑や模型で男性器を見たことがあった。とても恐ろしい形に思えて、密かに恐怖心を覚えていたが、アロイスの欲望は怖くない。

好きな人の一部だからかしら……。

それにしても、アロイスの欲望は模型よりもずっと大きい気がする。

本当にこんなに大きいものが自分の中に入るのか不安になったが、人類は皆、愛し合って子孫を作ってきたのだから、きっと大丈夫だと心の中で自分を励ます。

そうよ。大丈夫！

「なるべく痛くないといいんだが……」

「どんなに痛くても、大丈夫です。アロイスに与えられる痛みなら、どれだけ痛くても耐えられます」

「ありがとう。ミレイユ」

アロイスはミレイユに覆い被さると、唇に優しく口付けをし、とろけた膣口に欲望を宛がった。

アロイスの……とても大きくて、熱いわ。

心臓の音が大きくなる。まるで胸から耳の横に移動したのではないかと思うぐらいに大きい。

何度も達して頭がぼんやりしているせいか、入るかどうかの心配はあっても、痛みに対しての恐怖はなかった。

それよりもアロイスと——好きな人と一緒になれることが嬉しい。

そろそろ……よね。

ついにアロイスが入ってくる……と思いきや、彼は宛がったまま、ミレイユの髪を優しく撫でた。

「ミレイユ、怖くないか？」

自分を労わってくれる気持ちが伝わってきて、幸せなあまり瞳が潤む。

「はい……それよりも、嬉しいです。アロイスと一つになれるんですもの」

「俺もすごく嬉しい。ずっと好きだったミレイユと一緒になれるなんて、本当に夢のようだ。死んでもいいぐらいに」

「死んでは嫌です。これからずっと一緒に居てくださらないと……」

「そうだな。ずっと一緒だ」

二人は唇を合わせ、指と指を絡めてギュッと手を握り合う。

「力を抜いて……」

「はい……」

先ほどまでなら強張っていたはずだが、アロイスにたっぷり可愛がられたミレイユの身体は、力を入れることが難しいぐらいとろけていたので問題ない。

アロイスの欲望がミレイユの中を押し広げた。少し入れられただけなのに、今までの人生で味わったことのない痛みが襲ってくる。

「痛……っ」

「！」

ミレイユが苦痛に顔を歪めたのを見て、アロイスが腰を引こうとする。そのことに気が付いたミレイユは、アロイスの手にギュッと力を入れた。

「あっ！　待ってください。やめないで……」

「だが……」

「この痛みを乗り越えないと、アロイスと一緒になれません。私にとっては、その方が痛くて辛いです。だから、どうかやめないでください」

力を入れたミレイユの手に、アロイスも力を込めた。

「わかった。少しの間、頑張ってくれ」

熱い欲望が、再び狭い膣道を押し広げていく。

想像以上の痛みだわ……！

痛みのあまり、目の前が真っ赤に染まっていた。

でも、他の女性たちは、皆この痛みを乗り越えてきたのだ。自分に乗り越えられないわけがないと自分で自分を励ます。

「う……ぅ……っ」

「痛い」と言えば、アロイスが気にしてしまうと思い、ミレイユは必死に我慢するが、どうしてもうめき声は漏れてしまう。

「ミレイユ、あと少しだ」

ああ、あと少し……あと少しで、アロイスと一つになれるのね。

「は……ぃ……っ……うっ……んん……っ」

とうとう根元まで入れられ、欲望の先が奥に当たった瞬間、ミレイユの眦(まなじり)からボロボロ涙が溢れた。

「よく頑張ったな。全部入った」

アロイスに褒められると、嬉しくて堪らなかった。彼に褒めてもらえるなら、何でも頑張れそうな気がしてくる。

アロイスはミレイユの涙を拭い、ちゅ、ちゅ、と口付けを落とす。めいっぱい広げられた膣口と膣道は、燃えたみたいに熱い。

「かなり痛そうだな……すまない。俺だけが気持ちよくて……」

えっ！　アロイスが、気持ちよくなっている？

「気持ちいい……ですか？」

「ああ、すごく……ミレイユの中は温かくて……ヌルヌルで……俺のを包み込んでくれていて、中から握られているみたいなんだ……本当にすまない」

切なげな吐息を漏らしながら、感想を伝えてくれるアロイスの頬は上気し、瞳は潤んでいた。

とても艶っぽい表情に、ミレイユは痛みを忘れて見惚(みと)れてしまう。そして今までに感じたことのない喜びを感じていた。

自分の身体で、アロイスを気持ちよくできている。それがとても嬉しくて堪らない。

――妻は夫を気持ちよくし、満足させなくてはならない。それが妻としての喜びである。

過去に家庭教師から習った時は、将来の夫がジュールなので、気持ち悪くて仕方がなかった。

でも、今は違う。

そうね。先生の言う通りだわ。私、すごく嬉しいわ。

もっとアロイスを気持ちよくさせたい。もっと……もっと……！

「アロイス、謝らないでください……私、とても嬉しいです……」

「ミレイユ……すまない……」

「ミレイユは辛い思いをしているのに……か？」

「はい……もっと気持ちよくなっていただきたいです……ですから、アロイス……動いてください。動けば、もっと気持ちよくなれます……よね？」

こうして話しているうちに、鋭い痛みの山は越えて、鈍痛に変わった。

動いたらまた痛みが襲ってくるのはわかっているが、アロイスに気持ちよくなってほしい。

「でもまた、痛い思いをさせてしまう」

「私なら大丈夫ですから、どうか動いてください……アロイスが気持ちよくなっているところが見たいんです……私のことを思ってくださるなら、どうか……」

「ミレイユ……」

アロイスは瞳を細め、ミレイユの唇に口付けを落とす。

「あなたって人は、どこまで俺を夢中にさせるつもりなんだ……今でもどうしようもないぐらい夢中だというのに……」

「私だってそうです……」

「……痛みが最低限で済むように、なるべく早く終わらせる。……というか、ミレイユの中が良過ぎて、長く持たせる方が難しそうだ」

アロイスが動き始めると、また鋭い痛みが襲ってくる。

「んん……っ！　ぁ……っ……んぅっ……」

痛いと言っては駄目よ……優しいアロイスが気にするわ。我慢よ。ミレイユ、我慢……！

涙が出るほどの痛みは、出し入れを繰り返されているうちに慣れていく。痛みは鈍痛に変わり、やがてジンジンし始めた。

「ミレイユ……ああ……すまない……達きそう……だ。少し……ほんの少し、速く動かしてもいいだろうか……」

「ええ……アロイス、大丈夫……です……私は、大丈夫……ですから……」

「ありがとう……」

ミレイユの許可を貰ったアロイスは、自身の絶頂に向けて先ほどよりも腰を激しく振り始めた。

しかし、もうミレイユの中に新たな痛みが走ることはなかった。擦られている中はジンジンと痺れるだけで、アロイスの表情を観察する余裕も出てくる。

ああ……こんなアロイスの顔を見ることができるなんて……。

「んっ……ぁ……っ……アロイス……気持ち……いぃ……ですか？」

「ああ……すごく……すごく気持ちが……いい……頭が、おかしくなってしまいそうな……ぐらいに……」

激しく腰を振るアロイスはとても色っぽくて、それが自分の中から得た快感によるものだと思うと興奮してしまう。

アロイスが自分の中で気持ちよくなってくれている。そう思うと、ミレイユの心に甘美な感覚が押し寄せてきた。

ああ、最高の気分だわ……。

「ミレイユ……ああ……愛してる……ミレイユ……」

アロイスは欲望をズルリと引き抜いた。

えっ⁉　どうして⁉

大きな欲望はビクビクと脈打ち、ポケットから取り出したハンカチに、白い情熱をたっぷりと放った。

「危ないところだった……間に合ってよかった」

間に合った？　何のことかしら。

快感で頭が働かないミレイユはどうして中ではなくてハンカチで出すのだろうと思ったが、数十秒後にその意味に気が付いた。

あっ！　結婚する前に子供ができないように配慮してくれたのね。

「ミレイユ……ありがとう。辛かっただろう」

「いいえ、アロイス……私、とても幸せです……」

アロイスと愛し合えたのね……。

安堵したら、ドッと強烈な眠気が押し寄せてくる。

「ん……」

眠りたくない……もっと、アロイスとの時間を大切にしたいの。

両親に強要され、睡眠時間を削って勉強をしていた時よりも強い眠気だ。ミレイユは瞼を擦り、必死に眠気に抗う。

「ミレイユ、眠くなってきたか？」

「いえ、大丈夫です……」

寝たくないわ。もっとアロイスとの時間を楽しみたい。

「無理をすることはない。こんなに頑張ってくれたし、夜も深い。眠くなって当然だ」

「でも……あっ」

アロイスはミレイユの隣に寝転ぶと、彼女の身体にブランケットをかけた。

素肌にブランケットをかけたのは初めてだけど、こんなに気持ちがいいものなのね。

「さあ、眠るといい」

ああ、こんな心地よくされてしまったら、ますます眠くなってしまう。しかもアロイスが頭を撫でてくるものだから心地よくて堪らない。

「んん……嫌です……」

「どうして嫌なんだ？」

「眠ったら、アロイスとの時間が……終わってしまいます……もっと、アロイスとの時間を大切にしたいのに……」

眠くて頭が働かなくて、取り繕うことができないミレイユは、思ったことをそのまま口にした。するとアロイスは嬉しそうに唇を綻ばせた。

「大丈夫だ。終わらない。だって、明日も、明後日も、俺たちはずっとずーっと一緒だ。そうだろう?」

「本当に……?」

「ああ、ミレイユが終わらせたいって言っても、俺は離してやるつもりはないぞ。それに今日はこの後、夢で会える」

「え、夢で?」

「そうだ。俺も今日は隣でミレイユを抱きしめながら寝るからな。夢でも絶対に会えるはずだ」

「ふふ、アロイスったら」

「冗談じゃないぞ。俺は本気だ」

アロイスはミレイユを抱き寄せ、額にちゅっと口付けを落とす。そうされると胸の中が温かいものでいっぱいになって、眠ってもいいという気持ちになってきた。

「約束ですよ?」

「ああ、約束だ。おやすみ、ミレイユ」

「おやすみなさい……アロイス……」

その夜、ミレイユは人生で一番幸せな気持ちで眠りにつくことができた。

ぐっすり眠りすぎて夢を見ることはできなかったが、起きた時にアロイスが隣に居てくれたので、ミレイユは温かな気持ちでいっぱいだった。

ミレイユとアロイスが身体を繋げた翌日の夕方、カランコエ国王グンテルが意識を取り戻した。

ベッドから起き上がることはできないが、会話をすることは短い時間ならば大丈夫だということで、ミレイユはアロイスと共に、グンテルに謁見することとなった。

目的はもちろん、アロイスと婚約することを報告するためだ。

アロイスの腕に手を添え、国王の寝室までの長い廊下を二人で歩く。

小国の罪人扱いされている公爵令嬢なんて、妻として認めてもらえるかしら……。

アロイスはグンテルと願いを何でも一つ叶えてもらえるという約束をしているというけれど、こればかりは別件じゃないだろうか。

緊張して、変な汗が出てくる。レースの手袋はぐっしょり濡れていた。衣擦れの音や足音が、妙に大きく感じる。

こんなに緊張したこと、今までにないわ。

「ミレイユ、先に謝らせてくれ」

「何をですか？」

あ、やっぱり、妻には認めてもらえないということかしら……。

「俺は父に嫌われている。だから父は、ミレイユにも心無い言葉をかけてくるかもしれない。……いや、確実に言ってくると思う」

想像していたのとは、違った謝罪だった。

「しかしそれは、俺に嫌な思いをさせたいために考えた言葉だから、ミレイユが悪いわけじゃない。無理かもしれないが、どうか気にしないでほしい」

「あの、お父様に嫌われているって、どうしてですか……？」

聞いた後に、後悔する。聞くことで、アロイスを傷付けるかもしれない。

「あっ！　ごめんなさい。話すことでアロイスが辛い思いをするようでしたら、どうか何も言わないでください」

「いや、大丈夫だ。ミレイユは優しいな。俺が父に嫌われているのは、俺を産んだことで、母が亡くなったからだ」

お母様が……。

カランコエ国の王妃が若くして、病気で亡くなったことは知っていた。でも、アロイスを出産したことが原因だなんて思わなかった。

「俺の母はアインホルン公爵家の令嬢で、父と幼い頃から婚約していた。二人はもちろん親同士の決めた政略結婚だったが、婚約時から相思相愛だったそうだ。両親はなかなか子供に恵まれず、周りから側室を迎えて作るように言われたこともあったが、父は母以外の女性は考えられないと受け入れずにいた。そしてとうとうできたのが俺だったんだ。しかし俺を産んだ後に出血が止まらず、そのまま亡くなった」

「……っ」

なんて悲しい話なのだろう。

「子ができなければ、母を失うことはなかった。父の悲しみと憎しみの矛先は俺に向かってきたというわけだ。本来なら顔も見たくないところだろうが、不幸なことに俺しか後継ぎがいないからな。顔を合わさざるを得ない。戦地に行っている間は会わずに済むから、気が楽だったな」

常に命の危険にある戦地に居る方が楽だったなんて、アロイスはどんな思いをして成長していったのだろう。

どんな言葉も、彼を癒すことなんてできそうにない。ミレイユは何も言わずに、アロイスの手を握った。

「大丈夫だ」

アロイスはミレイユの手を握り返すと、見張りの騎士がいるのも気にせずに額にちゅっと口付けする。

「ア、アロイス……？」

額を押さえて頬を赤くするミレイユを見て、アロイスは口元を綻ばせる。

「幼い頃は随分悩んだが、そんな俺を励ましてくれたのがミレイユの頑張っていた姿だった。だから、もう大丈夫だ。ただ、ミレイユを傷付けないか心配で……」

「私も大丈夫です。アロイスが隣に居てくれますから」

ミレイユが笑いかけると、アロイスが安堵した表情を見せてくれた。

「そうか。……では、行こう」

「はい！」

グンテルの寝室の前を警備していた騎士が、アロイスの姿に気付くとサッと左右に避けた。

「失礼致します」

声をかけても、グンテルは返事をしない。

ああ……。

ベッドにいる姿を見ると、なぜかミシェルの姿と重なった。

「父上、お加減はいかがでしょうか。意識がご回復されて何よりです」

「ふん、心にもないことを……」

コルチカム国の行事で何度かグンテルの姿を遠目から見たことがあったが、その時の面影がないぐらいにやつれていた。

筋肉質だった身体はすっかり痩せ、目がくぼんで頬がこけて、黒髪は白髪だらけだ。

「はい、思っていませんが、まさか本当のことは言えないでしょう？」

えっ！　そんなハッキリ言ってしまうの⁉

「結局言っているではないか。忌々しい」

ミレイユが驚いている中、二人は表情を変えずに淡々と会話を進めていく。これが彼らの普通なのだ。

「さっさと要件を話せ。お前と話していると、ますます具合が悪くなる。まあ、どうせ隣に立っている娘のことで、だろうが」

「ええ、ずっと結婚したいと思っていた、素晴らしい女性を連れて帰ってきましたので、紹介をと思いまして。……ミレイユ」

アロイスに名前を呼ばれ、ミレイユはドレスの裾を軽く持ち上げ、片足を引いて膝を曲げた。

「国王陛下、お初にお目にかかります。コルチカム国サミュエル公爵家が長女、ミレイユと申します」

グンテルはミレイユを一瞬だけ見ると、不愉快そうに目を背けた。

「我が国の恩恵なくして存続できぬ弱小国の娘など、なんの価値もない。しかも妹を殺そうとした犯罪者ときたものだ。アロイス、お前がここまで愚かだったとはな」

　この国に来て、初めて犯罪者だと言われた瞬間だった。

　コルチカム国では犯罪者扱いされるたびに胸を痛めてきたが、今は少しも辛くない。

　アロイスが隣に居てくれるからだわ……。

「父上、ミレイユを侮辱するのはやめてください」

「侮辱ではない。事実だろう」

「彼女は犯罪者扱いされていますが、罪など犯しておりません。俺は真犯人を必ず裁き、彼女の名誉を回復させます」

「ふん、犯罪者じゃなくとも弱小国の令嬢など、カランコエ国の王子の妻として価値などない。おい、娘、その辺の令嬢より容姿がずば抜けているようだが、わしの息子をどうやって誘惑した？　申してみよ」

「貴様……っ！」

　アロイスがグンテルに手を伸ばす。殴ろうとしているのがわかり、ミレイユはその手を掴んだ。

「アロイス、いけません！」

「俺はいい。だが、ミレイユを侮辱するのは許さない！」

「私なら構いません。ですから、どうか怒りを静めてください」

アロイスが激昂し、掴みかかろうとしているのに、グンテルは全く動じていない。濁った目で天井を見ていた。

「ああ、煩わしい……何もかもが、煩わしい」

愛しい人を失って、心が壊れているのかもしれない。

「……父上、俺が戦争に行く前の約束は覚えていますね？　なんでも一つ、願いを叶えてくださると言いました。忘れたとは言わせません」

「その小娘との結婚に使うと言いたいのか？」

「はい、どうか許可をください」

「好きにするといい。どうせ私はもうすぐ命が尽きる。どうだっていい。この国の行く末も、お前のことも……」

グンテルは自身の左手の薬指に輝く結婚指輪を撫でた。

もうすぐ、会える――。

グンテルが小さな声で呟いたのを、ミレイユは聞き逃さなかった。

「助かります。行こう。ミレイユ」

「あ、待ってください。……陛下」

ミレイユが呼んでも、グンテルは何も反応をしない。

「陛下、私はアロイス王子の妻となり、誰からも認められるような素晴らしい王子妃になってみせます」

グンテルは鼻で笑うと、目を瞑(つぶ)った。

「疲れた。私はもう休む」

「お時間を取っていただき、ありがとうございました。おやすみなさいませ」

「ミレイユ、行こう」

「はい」

ミレイユはアロイスと共に、グンテルの寝室を出た。

「……すまない。嫌な思いをさせた」

「私なら大丈夫です。謝らないでください。庇(かば)ってくださって、ありがとうございます」

アロイスの手を握る。いつも温かいその手は、冷たくなっていた。

アロイスは、どれだけ辛い思いをして育ってきたのだろう。

私なんか比べ物にならないくらい、辛い思いをしてきたはずだわ……。

幼い頃のアロイスに会うことができるのなら、彼を抱きしめて、その心が傷付かないように守ってあげたい。

ミレイユはアロイスの大きな手を擦り、周りの騎士たちの目も気にすることなく、指先にちゅっと口付けした。

「ミレイユ……」

「手が冷たくなっていますよ。私が温めて差し上げます」

「ああ、温めてくれ」

アロイスが差し出したもう一方の手を取り、ミレイユは優しく擦った。

アロイスを幸せにしたい。

一緒に幸せになりたい。


長い廊下を、二人寄り添って歩く。

グンテルの許可を得たことでミレイユとアロイスは正式に婚約を結び、その旨は各国に知らされた。

「ああ……ずっとこうしていたい……」
「んっ……私もです……」
初めて身体を繋げて以来、ミレイユはアロイスと毎夜のように愛し合っていた。
時には休憩しに来た時に、時には政務室に顔を出した時にと、二人きりになるたびに触れ合っている。

　今日はカルラがアロイスと二人きりになれるようにと気を使って、政務中の彼に紅茶とお菓子を差し入れするようにと持たせてくれた。

　アロイスは政務に夢中になると時間を忘れて没頭するから、しっかり休憩してもらえるようにミレイユも一緒にお茶をしてほしいと彼の側近のケヴィンに頼まれた。

　もちろん喜んで引き受けたが、お茶だけでは済まなかった。

　ミレイユはソファに座るアロイスの上に跨り、下から激しく突き上げられていた。

　初めての時は中に欲望を受け入れると鋭い痛みが走ったが、今は強い快感が広がるようになった。そこに入れられるのを待ち望むほどに気持ちいい。

　突き上げられるたびに露わになった胸が揺れ、尖った先端がアロイスの服に擦れて、甘い刺激が生まれる。

「ぁ……っ……んぅ……っ……は……っ……あぁっ……」

　外にまで聞こえないよう声を押さえようとしても、どうしても出てしまう。

「アロイス……ま、待って……くださ……ぃ……激しいの……だめ……です……っ……声が……抑えられな……あっ……あぁっ！」

「ミレイユの中がよすぎるのがいけないんだ。」

「そ、そんな……ぁんっ……あぁっ……あぁぁ……っ！」

ミレイユが絶頂に達すると同時に、アロイスも快感の高みに昇りつめた。

後は寝るばかりならもう一度、となるところだが、さすがに政務中にずっとこうしているわけにはいかない。

アロイスはミレイユをソファで休ませ、自分は政務に戻った。ミレイユはそんな彼の姿を見て、胸をときめかせる。

ミレイユを愛する時、眠っている時、食事をする時、政務をする時、すべてのアロイスにときめいてしまう。

恋って心臓が大忙しだわ……。

そろそろ戻ろうかと思っていたら、ケヴィンがやってきた。先ほどまで愛し合っていたのに気付かれるような気がして、ソワソワしてしまう。

「アロイス様、やはり例の薬草は見つかりませんでした……」

「……そうか。引き続き探してくれ。あれがない限り、収束しない」

「ええ、早く見つかるといいのですが……」

『薬草』と『収束』何かの病が流行っているのだろうか。

「病気ですか？」

思わず口を挟んでしまった。

「ああ、数か月前から王都で風邪のような病が流行っているんだ」

「流行り病……」

「高熱と共に湿疹が出て、症状が重いと痕が残る。体力のない老人や子供が中心で、大人はほとんどかからないし、滅多なことでは重症化する者もいないが、どうにかしないといけない」

致死性は低いようで、少しだけホッとする。

「百年ほど前にも同じような病が流行りまして、薬の開発はそう難しくなかったのですが、薬に必要な薬草が一種類だけ見つからずに困っております。名前と形はわかるのですが、生息地が不明で……」

「どんな薬草ですか？」

アロイスは書類の中から、一枚の紙を取り出した。

「これだ」

そこには棘が付いた葉に、楕円の実がついている草の絵が描いてあり、下には『スリール草』と記されている。

あ、この草って……！

「スリール草という薬草なんです」

その草は、ミレイユの記憶にあるものだった。

「この草なら恐らく、メヒシバ国のカタバミ村に生息していると思います」

「！　ミレイユ、知っているのか⁉」

「はい」

「これは驚きました。どうしてご存知なんですか？」

あまりいい記憶ではないので、顔が引き攣ってしまう。

「実は何年か前に、ジュール王子が、コルチカム国の流行り病を患ったことがありまして。特効薬がないので、何か打つ手はないかと、様々な薬草の本を読み漁ったんです。そこで見た覚えがあります」

さすがにすべて記憶しているわけではないが、スリール草のところを読もうとしたら紙で手を切ってしまって、血が本に付きそうになり、慌てたのが印象に残っていたことと、ジュールの病状に一番効きそうな効能があったことでよく覚えていた。

あの時は結局、ジュールは自力で回復し、ミレイユは彼に「役に立たない女だ」と罵られたのだった。

努力はしたと訴えたが、自分は苦しんだし、結果として残していないのだから何もしていないのと同じだと言われた。

城だけでなく、様々な図書館や王都の本屋をめぐり、普段の勉強もこなしながら、何日も徹夜して膨大な数の本を調べていたので、とても悲しかった。

……嫌なことを思い出してしまったわ。

「そうだったのか。優しいミレイユらしい」

「早速メヒシバ国に部下を行かせます！　ミレイユ様、ありがとうございます！　これで病を収束させることができます！　それでは、失礼致します！」

　ケヴィンは急いで政務室を出て行った。

「ミレイユ、本当にありがとう。これで苦しむ民を救うことができる」

「いえ、そんな」

　あの時は役立たずと言われたが、まさかこんなところで役に立てるだなんて思わなかった。

　身に着けてきて無駄になる知識なんてないと思ってきたけど、こうして役立てる時がくると嬉しい。

　今までジュールのために、両親のためにと頑張ってきたことも、もしかしたらアロイスやカランコエ国のために役立つ日があるのだろうか。

　そう思うと、過去に泣きながら頑張ってきた自分が報われるような気がした。

　二週間後——ケヴィンの部下から、薬草が見つかったとの知らせが届き、同じ頃にグン

テルが王位を退き、アロイスを国王にすると宣言した。

謁見から間もなく意識不明となり、また数時間取り戻すことを繰り返していたので、限界を感じたのだろう。

アロイスに王位を譲った後の余生は、王都を離れて、妻との思い出がある別荘で過ごしたいと言っているらしい。

医師のブルーノが診た限り、持ってあと数か月だそうだ。

このことはグンテル本人にも伝えられているが、彼は取り乱すことなく、むしろこれで妻の元へ行けるとホッとした笑みを浮かべたと聞いた。

結婚式より先に即位式が行われることが決まり、アロイスを始め、城内は慌ただしい空気に包まれた。

街では祭りが開かれ、城では即位式と即位を記念する大規模なパーティーが行われるため、友好条約を結ぶ各国の王族や貴族たちが招待される。

もちろん、コルチカム国にも招待状が送られた。恐らくジュールは、婚約者のミシェルをパートナーにして出席するはずだ。

ミシェルとジュール王子が、カランコエ国に来る……。

二人と顔を合わせることに不安を覚えるが、盛大なパーティーでたくさんの人が来るのだから、話している時間などないはずだと自分を励ます。

「ミレイユ！」

カルラに紅茶を淹れてもらい、勉強をしていると政務とパーティーの準備で忙しいアロイスが息を切らせて飛び込んできた。

「アロイス？　何かあったんですか？　カルラ、冷たいお水を用意して差し上げて」

「かしこまりました」

「ミレイユ、仕立て屋との打ち合わせは……」

「先ほど終わりましたが、どうかなさいましたか？」

ミレイユも即位式に出席する用と、その後のパーティー用に二枚ドレスを新調することになったので、つい二十分ほど前に自室で仕立て屋との打ち合わせを終えたところだ。

「終わってしまったか……」

アロイスはガックリと肩を落とし、カルラから受け取った水を一気に飲み干した。

「あの、アロイスがお召しになるご予定の衣装と色は合わせましたが、他にも何か決まり事などございましたか？」

「いや、そういうのはないんだが、ミレイユのドレスをどんなデザインにするか、俺も話し合いに参加したかったんだ……」

アロイスが心底がっかりした様子で話すので、思わず笑ってしまう。

「ふふっ」

「どうして笑うんだ？」

「だって、もう……あはっ！　うふふ」

　こんな風にお腹を抱えて笑うのは、生まれて初めてのことだった。涙が出るほど笑うと、さっきまでの不安はどこかへ飛んでいく。

　大丈夫よ。だって私の傍には、アロイスが居てくれるんだもの。ジュール王子やミシェルどころか、ドラゴンが現れたって私は平気でいられるわ。

第四章　歪んだ心

頭が割れそうに痛い。寒くて震えが止まらない。喉が痛くて、息をするだけで焼けてしまいそうな痛みが走る。

どうして私はいつも具合が悪いの？　どうして普通に過ごせる日が少ないの？

ミシェルはサミュエル公爵家の次女として生まれた。

幼い頃から身体が弱く、ほとんどをベッドで過ごしていた彼女は、健康な姉のミレイユが羨ましくて仕方がない。

綺麗に着飾り、馬車でどこかへ出かけていくミレイユを見るたび、胸が焼け焦げそうだった。

「お母様、お姉様を呼んで……」

「今日はいないわ」

「どこへ行ったの？」

「王城よ。今日はジュール王子とお会いする日だから」

「いいな。私もおめかしして、お出かけしたい……」

「ええ、風邪が治ったら、お出かけしましょうね」

「いや……今すぐがいい」

「あっ！　起き上がっては駄目よ。悪化しては大変だわ。お願いだから、いい子にしてちょうだい。ね？」

私は寝間着なのに、お姉様はいつも綺麗なドレスに可愛い髪でおめかししてる。

どうしてお姉様だけ？　狡(ずる)いわ。私だって綺麗に着飾って、王城やどこかに遊びに行きたい！

「新しいドレス……買ってくれる？」

「ええ、もちろんよ。うんと可愛いのを作ってもらいましょう」

両親はミシェルには甘いが、ミレイユには厳しい。彼らがミレイユにきつく当たっているのを見ると、少し胸がスッとするのを感じていた。

いい気味、一人だけ楽しい思いをしているからよ。

自分はこんなに可愛がられているのだと見せつけるため、わざとミレイユの前で両親に甘えることもあった。

でも、それだけでは心が満たされない。

「ミシェル、大丈夫？　食事がとれないって聞いたわ。街でゼリーを買ってきたの。これなら食べられるかしら」

ミレイユはたびたびミシェルの部屋を訪れ、彼女の体調を気遣った。

病弱な私が可哀相？　きっと見下しているのね。嫌なお姉様……街に行きたくても行けない私に、見せつけて羨ましがらせようとしているのかしら。酷いわ。

「そんなのいらない」

「少しだけでも……」

「いらないって、言ってるでしょっ！」

枕元に置いていた人形を投げつけようと摑むと、ミレイユが反射的に受け止めようと手を出した。

すると、手首のブレスレットがシャラリと音を立てる。

綺麗……。

いつも見ているのに、なぜか急に欲しくなってしまった。

「お姉様、そのブレスレットが欲しいの……」

「え、これ？」

「そう、それが欲しいの」

そのブレスレットは、父親がミレイユに誕生日に贈ったプレゼントだと知っていた。大切にしているということもわかっていた。でも、欲しくて堪らない。

「お願い、お姉様……そのブレスレットを貰えたら、食べられる気がするの」

少し迷ったミレイユは、苦しそうな呼吸を繰り返しながら必死に訴えるミシェルを見て、悲しそうに微笑んだ。

「……わかったわ。ミシェルにあげる」

「本当？　お姉様、ありがとう……ねえ、つけて？」

「ええ、いいわよ」

ミレイユは手首を飾っていたブレスレットを外し、ミシェルの手首につけた。

「わあ、素敵……お姉様、どう？　似合う？」

「ええ、よく似合うわ」

ミレイユが寂しそうな表情で笑うのを見た瞬間、ミシェルはゾクゾクした。

最高の気分だわ……！

それ以来、ミシェルはミレイユの物を欲しがるようになった。特に欲しいものではなくても、ミレイユが大切にしているから価値がある。

ミレイユが手放す時に悲しそうにする表情を見ると、心が満たされていくのを感じた。

頼むとすべてを譲ってくれたミレイユだったが、一つだけ断られたものがある。それはオルゴールだった。

乳母が誕生日にプレゼントしてくれたオルゴールで、ミレイユはとてもそれを大切にしていた。

「ごめんね、ミシェル……これだけはあげられないわ」

そう言われると、さらに欲しくなる。ミレイユが大切にしているからこそ、ミシェルの中での価値が高まるのだ。

欲しい。大切にしているオルゴールを失った時のミレイユの悲しむ顔が見たい。

「お姉様、お願い……そのオルゴールがどうしても欲しいの。そのオルゴールがあれば、私、元気になれる気がするわ」

「ミシェル、わかって……これは本当に大切にしている私の宝物なの」

「いやいやっ！　欲しいの！　ねえ、お姉様、お願い！」

泣きながら頼んでも、ミレイユは首を縦に動かしてはくれない。ミシェルの中で、そのオルゴールの価値はますます高まった。

するると、そのやり取りを見ていた父が、ミレイユの手から強引にオルゴールを取り上げた。

「あっ！」

「ミシェルはお前と違って身体が弱くて、我慢を強いられているんだ！　オルゴールぐらい譲ってやりなさい！」

ミレイユの目に涙が浮かんだのを見た時、今までで一番ゾクゾクした。

私、お姉様が泣きたくなるほど、大切な物を手に入れたんだわ……！　ああ、なんて素敵な気分なの……！

この時の快感が忘れられず、ミシェルはミレイユの物をねだり続けた。そして大人になり、健康になってからも続けた。

しかし、オルゴールの時以上に、ミレイユを悲しませることはできない。

あの時みたいに、お姉様が傷付くのを見たい……何を奪えば、あの時みたいな顔を見られる？

その答えは、すぐに出た。

そうだわ。ジュール王子を奪えばいいのよ。

ミレイユはずっとジュールの妻となり、王妃になるために努力してきた。それをすべて奪ってしまえば、オルゴールの時以上の顔が見ることができるはずだ。

どうしてこんなに簡単なことに気が付かなかったのかしら！

「ねえ、お父様、お願いがあるの。聞いてくださる？」

「また、おねだりか？　仕方ないな。なんでもお父様に言ってみなさい」

「お父様、大好きっ！」

「はは、そうか、そうか。それで、何が欲しいんだ？」

ミシェルはいつものように、父に頼んでみることにした。おねだりして、父が叶えてくれなかったことはない。

今回もミレイユを婚約者の座からおろし、ミシェルに代えてくれるに違いない。ああ、ミレイユの驚きと絶望に満ちた顔を想像するだけで、笑ってしまいそうになる。

「私ね、ジュール王子と婚約したいの。お姉様と代わらせて？」

「ああ……ミシェル、それは無理だ」

「そんな！　どうして？　お父様はいつも私のお願いなら、なんでも叶えてくださるのに……！　お父様は私のことが嫌いになったのね……」

ミシェルはボロボロ涙をこぼし、両手で顔を押さえる。

「まさか！　そんなはずはないだろう。お前は私の一番の宝物だ。だがな、これればかりはどうしようもないんだ。この婚姻は好き合ってするものではない。政治的な意味もあるんだ。正当な理由なしにミレイユをおろし、お前に代えるなんてことをしたらどうなるか……」

いつもは泣き落としで上手くいくのに、これればかりは何度頼んでも叶えてくれなかった。

…………そうよ。お父様が駄目なら、ジュール王子からお姉様と婚約破棄をしてもらえるようにすればいいんだわ。

ミシェルは早速ジュールに近付き、持ち前の美貌と愛嬌を使い、彼と一線を越えることに成功した。

「ジュール王子、私……ジュール王子が好き。ずっとこうしていたいです」

「ああ、俺もだ。清楚(せいそ)なお前が、まさかこんなにも乱れてくれるとはな」

「だって、ジュール王子が素敵だから……私、初めてなのにこんな……恥ずかしいです」

「可愛い奴だ……」

ジュールの寝室で、二人は生まれたままの姿で絡み合う。

婚前交渉はいけないことだが、ジュールと結婚するのだから関係ない。挿入は痛かったが、それ以前の行為はなかなか気持ちよかったし、楽しかった。

「ねえ、お姉様とは、こういうことをなさったの？」

「まさか、あの頭の固い女が、身体を許すわけがないだろ。そもそもそういう気も起きない。あいつには色気がないからな」

「ふふ、まあ、そうでしたの」

お姉様、私がジュール王子と身体を繋げたって知ったら、どんな反応をするかしら。怒る？　悔しがる？　悲しむ？　ああ、言ってしまいたいわ。

「ミレイユじゃなくて、ミシェルと結婚できたらよかったんだけどな……お前は本当に可愛い。ずっと一緒にいたい」

「私もそう思います。ねえ、ジュール王子、お姉様とは婚約破棄して、私と結婚してください」

するとジュールの表情が強張る。

「あー……それは無理だな」

「えっ！　どうしてですか？　だって、私と結婚できたらよかったたって……」

「この結婚は当人の気持ち同士で何とかなるものじゃないからな。まあ、隠れてこうしてこっそり会うっていうのは大歓迎だ」

何それ……私を愛人扱いするって言うの⁉

怒りのあまり、血液が沸騰しそうに感じた。

侮辱され、ジュールを一瞬で大嫌いになった。しかし、彼はミレイユの物だ。

手に入れなければ、ミレイユの悲しむ顔を見ることができない。それにもう純潔を失ってしまった。

——もう、後戻りはできない。

どうすれば、ミレイユと婚約破棄してもらえるか……考え付いたのは、ミレイユを犯罪者に仕立て上げることだった。

ミレイユが犯罪者になってしまえば、王子妃になんてなれるわけがない。

いいことを考えたわ。さて、どんな犯罪者にしようかしら……。

考えた末に、妹に毒を飲ませ、自分も服毒して自殺しようとした妹殺しの犯罪者にすることに決めた。

実際はミレイユに死なない程度の毒を盛り、ミシェルは少しだけ具合が悪くなるぐらいの毒を飲めばいい。

そうすれば自分がやったとは疑われないだろうし、回復も早いから、ミレイユが苦しんでいる間に動くことができる。

彼女に毒を飲まされたと周りに訴えれば、ミレイユの地位と名誉は地に落ちること間違いない。

うっかり殺さないようにしなくては……死んでしまったら、ミレイユがどんな反応をするか見ることはできない。生きていないと意味がない。

そうと決まれば、毒を手に入れなければ……。

好きでもなんともない男に純潔を渡したミシェルは、色仕掛けを使うのに少しも抵抗を抱かなかった。

自分に好意を抱いていた男性使用人に色仕掛けで迫り、毒を手に入れてくるように頼んだ。

そして、とうとうその日はやってきた。

「お姉様、一緒にお茶でもいかが?」

この毒はかなりの苦味があり、大分薄めたミシェルのお茶ですら結構苦い。

「に、苦いわね」

　全部飲んでもらわないと困る。下手に毒が効かず、ミシェルよりも先に回復することがあれば計画が台無しだ。

「そう？　その苦みが美味しいと思うの。美味しくない？」

　悲しそうに見つめてやれば、ほら、ミレイユはまたお茶を口にする。

「そんなことないわ。確かにこの苦みが癖になりそうね」

　毒だとも知らず、愚かなお姉様……。

「……っ……ふふっ！　そうでしょう？」

　ああ、笑っちゃ駄目よ。我慢しないと、お姉様に変に思われるわ。

　ミレイユは太るのを気にして、いつもは甘い物をほとんど口にしないようにしているが、今日はよく食べている。

　お茶が苦いのを誤魔化しているのね。ふふ、あーおかしい。

　しかし、ミレイユに変化は見られない。

　おかしいわね。全然毒が効いている気配がないじゃない。

　本当に毒だったのか疑い始めたが、自身は気持ち悪くなってきたのでやはり毒なのだろう。

　やがてミレイユは血を吐いた。

「ああ、ようやく効いてきたのね。お姉様ったら丈夫だから、毒が効かないのかと思っちやった」

「……っ⁉」

「おやすみなさい。お姉様」

ミレイユが倒れた音で、誰かが近付いてくる音が聞こえた。

ああ、もっと苦しむお姉様を見ていたかったけど、私もそろそろ倒れておかないとね。

ミシェルは名残惜しく感じながらも、椅子を倒してその場に倒れ、気絶したふりをした。

「きゃあああ！　ミレイユお嬢様、ミシェルお嬢様！　誰か来て……っ！　お医者様！

誰かお医者様を呼んで！」

二人はすぐに医者の手にかかり、ミシェルはもちろんのこと、ミレイユも助かった。た
だ、ミレイユは意識不明の重症で、目覚めるかどうかわからないらしい。

なんてこと……！

毒の量を減らせばよかった。あんな苦いお茶だ。途中で飲むのをやめると思って大目に
入れて置いたのが仇となった。

「ああっ！　ミシェル、目が覚めてよかった」

「ミシェル、何があったんだ……」

寝たふりから目覚めたミシェルを両親が抱きしめてくる。

「お姉様にお茶に誘われて……飲んでいるうちに気持ち悪くなったの。そうしたらお姉様

が笑って、『お茶に毒を入れたのよ。ずっとあんたが目障りだった。あんたなんて死んじゃえ！　でも捕まるのは嫌だから、私も死ぬ』って言って……」

「ミレイユが……⁉」

両親はミシェルの証言を疑うことなく信じた。

サミュエル公爵家の姉妹のスキャンダルを社交界に知られるわけにはいかない。

両親が隠そうとしていたのは想定内だったので、ミシェルは社交界一お喋り（しゃべ）な令嬢に、事の次第を記した手紙を出した。念には念を入れて、噂話（うわさばなし）が好きな令嬢たちにも同じ内容の手紙を出しておいた。

ミシェルの狙い通り、サミュエル公爵家のスキャンダルは瞬く間に広まることとなった。

さあ、お姉様、準備は整ったわ……。

「お姉様、目を覚まして……」

じゃないと私、お姉様の辛そうなお顔を見ることができないじゃない！

毒が抜けたミシェルは、毎日ミレイユの見舞いに行った。

自分を毒殺しようとした姉を心配し、見舞うなんて――と、本当のことを知らない両親や使用人たちは、ミシェルを天使だと称えた。

ミシェルの願いが叶い、ミレイユは目を覚ました。命は落とさなかったが、声を失っていたのは嬉しい誤算だ。

綺麗な声だと評判だったのに、失ってしまうなんてね。

目を覚ましたミレイユは、妹殺しの汚名を被った。自分はやっていない。毒を盛ったのはミシェルだと訴えても、彼女の声を聞く者は誰もいない。

ミシェルは笑いを堪えるのが大変だった。絶望するミレイユの顔は、オルゴールを奪った時以上でゾクゾクが止まらない。

これよ……これ……私は、これが見たかったの……！

王家とサミュエル公爵家で話し合いが行われ、ミレイユとは婚約破棄し、ミシェルが婚約することが決まった。

本来ならこんなスキャンダルを出した家との婚姻はありえないが、王家との結婚に相応しい家柄で、王子と釣り合いの取れる年齢は、サミュエル公爵家しかいないためだ。

コルチカム国の法では、親族殺しは極刑に処される。

しかし、ミシェルが必死に減刑を願い、公爵令嬢という地位にあることで、一生カルミア修道院に身を置くことに決まった。

危ないところだった。極刑なんかにされたら、ミレイユの苦しむ顔を見ることができない。これからはカルミア修道院へ定期的に足を運び、彼女の顔を見ることにしよう。

カルミア修道院は過酷な場所にあるため、死んでしまう者が多いと言うが、ミレイユなら丈夫だし大丈夫だろう。

　ああ、楽しみ。汚らしい恰好をしたお姉様が、綺麗に着飾った私を見てどんな顔をするかしら。

　惨めなミレイユを想像して、楽しみにしていたのに――。

「ミレイユ嬢、どうか私と結婚してください」

　カランコエ国の第一王子、アロイス・ハインミュラーが現れ、ミレイユに求婚し、颯爽と攫って行った。

　絶望に満ちたミレイユの瞳に、光が宿ったのを確かに見たミシェルは、あの日からずっと苛立っている。

「なあ、ミシェル……いいだろ？」

　サミュエル公爵邸にやってきたジュールが、不躾にミシェルの豊かな胸に触れた。ミシェルは内心の苛立ちを隠し、彼の手を掴んで下ろす。

「ジュール王子、ごめんなさい。今日は少し体調が悪くて……きっとお姉様に飲まされた毒の後遺症ね」

「な……っ……大丈夫か？　すぐに医者を……」

「心配してくださってありがとう。でも、ゆっくり過ごせば大丈夫ですから」

　ジュール王子とこれ以上、身体を重ねて、子供ができたら大変だわ。

「カランコエ国の即位式までもう少しですもの。体調を万全にしておかなくてはいけませんね」

だって私は、アロイス王子と結ばれて、カランコエ国の王妃となるのだもの。

ジュールより、アロイスの方が断然価値が上だ。

絵画からでてきたような美丈夫、そしてカランコエという大国の王子……いや、もうすぐ王となる男性、そんな素晴らしい人が、ミレイユの夫になるなんて許せない。

アロイスを自分のものにできれば、ミレイユはジュールを奪った時よりも絶望した顔を見せてくれるに違いない。

待っていて、お姉様……もう少しで、苦しめてあげるわ。だから私に、素敵なお顔を見せてね。

第五章　即位式

雲一つない晴天の日、とうとうアロイスの即位式が行われた。

王城の隣にある真っ白な教会で大神官から祝福を受け、アロイスが王冠を被(かぶ)せてもらう姿は、とても神秘的で美しかった。

その場に居た者は、ミレイユも含め一生忘れられない光景となった。

王位継承の儀式が終わると国民に顔を見せるパレードが行われ、夜には諸外国の貴族たちを招待したパーティーが開かれた。

「ミレイユ、すごく綺麗だ。まるで大輪の薔薇のようだな」

「ありがとうございます。アロイスもとても素敵です」

アロイスと同じ赤い生地を使ったドレス、髪には大きな赤い薔薇のコサージュを飾り、イヤリングとネックレスは、アロイスのクラヴァットを止めているブローチとカフスボタンと揃いのルビーとダイヤで作ってくれた。

「アロイス様、ご即位おめでとうございます」

「ありがとうございます。本日はお越し頂き、ありがとうございます」

「そちらがご婚約者のミレイユ様ですね。なんとお美しい」

「ミレイユ・サミュエルです。初めまして」

各国の王族たちが列を作り、次々と祝いの言葉を伝えにくる中、列の後ろにジュールとミシェルの姿も見えた。

やっぱり、来たのね……。

二人の姿を見ると心臓が嫌な音を立てたが、アロイスが肩を抱いてくれると心が落ち着く。

二人は目を丸くして、驚いている様子だ。ミレイユが声を出せていることに驚いているのだろう。

「ミレイユ、大丈夫か?」

アロイスが耳元でそっと尋ねてくる。

ミレイユ、怯(おび)えなくても、大丈夫よ。私には、アロイスが居てくれるもの……。

「ええ、大丈夫です。ありがとうございます」

他人からは愛を囁いているように見えるのか、「きゃあ!」「愛し合っていらっしゃるのね」「羨ましいわ」と頬を染め、声をあげる令嬢たちが何人もいる。その様子を見ていたミシェルは、赤い唇をギュッと噛み締めていた。

二十名ほどの挨拶が終わり、ジュールとミシェルの番となった。アロイスはミレイユの腰を抱き寄せ、密着する。

「！」

思わずアロイスの顔を見ると、柔らかく微笑まれた。

励ましてくださっているのね……。

ミレイユも微笑み返し、見つめ合っている姿を、ジュールは悔しそうな目で、そしてミシェルは忌々しそうに見つめていた。

「……アロイス様、素晴らしい日にお招き頂き、ありがとうございます。そして、ご即位おめでとうございます。……その、ミレイユ、元気そうだな」

「アロイス様、ご即位おめでとうございます！　お姉様、お元気そうで何よりだわ。お声が出るようになったのね！　よかったたっ！」

ジュールは気まずそうに、ミシェルは天使のような微笑みを浮かべている。

怒りで目の前が、真っ赤に染まった。

あなたのせいで、声が出なくなったんでしょう!?　あんな仕打ちをしておいて、よくもそんなことが言えるものね……！

「ジュール王子、私の婚約者を呼び捨てにしないでいただけますか？」

ミレイユが何か言うよりも早く、アロイスが口を開いた。嫌悪感を露わにし、二人を睨みつけている。

「……っ……申し訳ございません。つい、いつもの癖で……」

「アロイス様、お許しください。ジュール王子とお姉様は、幼い頃からずっと一緒でしたから。癖でそう呼んでしまうのです。つい最近までは、仲睦まじくそう呼んでいたのですもの。ついうっかり呼んでしまってもおかしくありませんわ。ね、ジュール王子」

「あ、ああ……そうなんです。本当に申し訳ございません」

ジュールは焦った様子を見せるが、ミシェルはまったく動じず笑顔を崩さない。

我が妹ながら、その肝の据わり方に驚くわ。仲睦まじいって何？　そんな関係じゃなかったことは、十分知っているでしょう？

「うっかり？　礼儀がなっていないのかと思いましたが」

アロイスに睨まれ、ミシェルの微笑みが引き攣る。

「まあ、アロイス様ったら、怖いお顔をなさらないでください。ね、お姉様も許してくださるでしょう？　だって、幼い頃からの仲ですもの」

物心つく前から一緒に育ってきた妹なのに、ミシェルがわからない。まるで別人のようだ。

ううん、これがミシェルの本性だったのね。私が気付かなかっただけなんだわ。なんて私は愚かだったのかしら……。

「あの方は、コルチカムの王子……じゃあ、隣に居るのが、ミシェル様？　ミレイユ様に毒を飲まされたという噂ですが、普通にお話しされていらっしゃいますね」

「悪い噂だったと言うことでしょうか。いくら姉とはいえ、殺されそうになった相手に、あんな風には話せないでしょう」

「そうでしょうね。殺人未遂犯を妻に迎えようなんて思わないはずですし」

「でも、元々はコルチカムの王子のご婚約者だったのでしょう？　婚約破棄に至ったのは、毒殺未遂が原因だったというお話でしたわよね？」

「それは悪い噂で、本当はミレイユ嬢に心奪われたアロイス様が奪ったのでは？」

あまりにも普通に話しているミシェルを見て、疑いを持つ者が現れた。

「あ……っ」

するとミシェルがふらつき、アロイスの方に倒れたが、ジュールが支えた。不愉快そうにする表情をミレイユは見逃さなかった。

「ミシェル、大丈夫か？」

「ええ、ごめんなさい……お姉様に毒を飲まされてから、たまに眩暈がするようになってしまって……」

ミシェルの言葉を聞いて、近くに居た者がざわめく。

「やはり、毒を……？」

「それなのにあんな普通に話しているなんて……コルチカムはカランコエに頼っているからな……無理をしているのだろう」

ミシェル、さっきの話を聞いてわざと……！

「え、何？　何の騒ぎですか？」

「実は……」

近くに居た者から、人伝いに話が広がっていく。

「アロイス様は、なぜそんな令嬢を婚約者に？」

「……っ」

何を言ってもアロイスの評判を下げることになる気がする。でも、黙っているわけにはいかない。

なんて言えばいいの……!?

するとアロイスがミレイユの腰に添えていた指を動かし、合図をしてくる。

アロイス……！

ジュールとミシェルから視線をアロイスに移すと、また微笑んでくれた。「大丈夫だ」と言ってくれているとわかる。

「ミシェル嬢、ミレイユはカランコエ国王となった私の婚約者だ。あなたはカランコエを侮辱しているのか？」

「まさか！　私は侮辱ではなく、事実を口にしただけです。まさかお姉様に殺したいと思うほど憎まれているなんて思いませんでした。お茶に毒を入れるなんて……本当に悲しかったです」

ミシェルは潤んだ瞳で声を震わせ訴えた。迫真の演技に、皆がざわめく。

怒りで怒鳴りつけたくなったが、ミレイユは腰に添えられたアロイスの手を意識することで、冷静さを取り戻す。

「私は毒など入れていません」

ミレイユは背筋を伸ばし、凛（りん）とした表情で冷静に否定した。

「そうだ。ミレイユは毒など入れていない」

アロイスがそう言い切ると、ミシェルは声を荒げて訴えた。

「嘘です！　お姉様が毒を入れたんです！　『ずっとあんたが目障りだった。あんたなんて死んじゃえ！　でも捕まるのは嫌だから、私も死ぬ』って言っていました！　私、この耳で聞きました！」

コルチカム国ではミシェルを疑う者など誰もいなかったので、自分を信じてくれないことに驚いているのだろう。

「では、なぜミシェル嬢は、生きているんだ？」

「え？」

「ミレイユは意識不明となって生死の境を彷徨い、声が出なくなる重症を負った。それなのに、なぜあなたは生きているんだ？　しかも、ミレイユよりも回復が早かったそうだな」

「それは……運が良くて……」

「ミレイユと同等の量の毒を飲んだのなら、あなたも重症を負っている。つまりはあなたが飲んでいたお茶に入っていた量の毒は、少なかったということだ。殺そうとしているのに少量しか入れないなどおかしい話だ」

「……っ……そ、れは……」

アロイスに詰めかけられ、ミシェルは言葉を詰まらせる。

「逆ではないですか？」

「逆……って、なんのことで……」

「ミレイユがあなたを殺そうとしたのではなく、あなたがミレイユを殺そうとしたということです」

「な……っ」

その場がざわめいた。

「ミレイユを殺したいあなたは、彼女のお茶の中に毒を入れて飲ませた。そしてあなたは、自分に疑いの目がかけられないために、自分も少量の毒を飲んだのでは？」

ミシェルは青ざめていた。

こうして誰かに詰め寄られるのは、両親に守られてきた彼女にとっては、生まれて初めてのことだ。

「ち、ちが……っ……違います！　酷いです！　お姉様に何を言われたかは知りませんが、私はそんなことしてませんっ！　失礼しますっ！」

「ああっ！　ミシェル！　アロイス様、失礼します」

ミシェルは足早にその場を後にし、ジュールは彼女を追いかけて行った。その反応を見た周りは、アロイスの言う通り、ミシェルがやったのではないかと噂する。

「ミレイユ、大丈夫か？」

「ええ……アロイス、ありがとうございます」

「姉妹でも大違いだ。あまり賢くないようだから、どこかに証拠が残っているかもしれない。今調べさせている最中だから、近日中に出てくるだろう」

「！　調べてくださっていたのですか？」

「ああ、ミレイユの名誉は取り戻すと言っただろう？」

「アロイス……」

人目をはばからず抱きつきたくなるし、涙が出そうになる。

こんなに幸せになれるなんて……ああ、過去の泣いていた私に、教えてあげたい。

アロイスとミレイユは分かれ、アロイスは諸外国の王族たちと、ミレイユは令嬢たちとそれぞれ話を弾ませていた。

皆、気を使って、ミシェルとの件を聞かずにいてくれているのがありがたい。

令嬢たちの輪から抜け、化粧室に行ってホールに戻ってくると、指輪をドレスに引っかけ、縫い付けられていたダイヤが落ちてしまった。

「あっ」

ダイヤは開いたままになっていたバルコニーの方へ転がって行き、ミレイユは慌てて追いかける。

「待って！」

もう少しで隙間から庭に落ちるところだった。ミレイユはハンカチを取り出し、ダイヤを包んだ。

「危ないところだったわ」

中に戻ろうと振り返ったその時、ジュールが立っていた。心臓がドクンと嫌な音を立て、ミレイユは後ずさりする。

「ジュール王子……」

「よ、よお……ミレイユ……」

ジュールは両手にワインの入ったグラスを持っていた。

何？　そのワインを私にかけるつもり？

過去に不愉快だと、持っていた飲み物をかけられたことがあったミレイユは身構える。

このドレスはアロイスと揃えて作られたものだ。絶対に汚されたくない。

退路はジュールの後ろだ。逃げ道がない。

どうしたらいいの……。

「二人きりだから、敬称なんて付けなくていいだろ？　これ、貰ってきた」

グラスを差し出された。

かけるつもりじゃなかったの？

ミレイユは恐る恐る受け取った。本来なら「いらない」と突っぱねたいところだが、礼儀として受け取らないわけにはいかない。

「……ありがとうございます」

「まさかお前が、アロイス様の婚約者になるなんてな」

ミシェルもミシェルだったけれど、ジュールの面の皮の厚さに驚く。

あんな仕打ちをしておいて、よくも普通に話しかけられるわね！

「……そうですね。私自身も驚いています」

「カランコエ国は、どうなんだ？　コルチカム国と違って、堅苦しいだろ？　こっちに帰ってきたいんじゃないか？」

思わず「は？」と言ってしまいそうになった。

あんな国に、帰りたいわけがないじゃない……！

「いいえ、アロイス様も、カランコエ国の皆様も、とても良くしてくださいますから」

「ふぅん」

カランコエ国のことを褒めたのが面白くないらしい。ジュールはあからさまに不機嫌になった。

「……何のご用ですか」

「そんな言い方ないだろ。俺が婚約破棄したことをまだ怒っているのか？」

怒りで目の前が真っ赤に染まる。

ジュールと結婚なんてしたくなかったから、婚約破棄は喜んで受け入れる。だが、あんなやり方は許せるわけがない。

でも、感情を露わにするわけにはいかない。ミレイユの行動はアロイスの評価にも繋がるのだから。

「……いいえ、むしろ感謝しております」

「は？」

ジュールは目を丸くし、ポカンと口を開いた。

「だって、そのおかげで私は、心から愛する方と出会い、結婚することができるのですから」

そっと微笑むと、ジュールが眉間に皺を刻み、わなわなと震えながら顔を真っ赤にする。

「俺に婚約破棄されたこと、悲しいと思っていないのかよ」

「ええ、ちっとも思っていません。まあ、私がミシェルを毒殺しようとしただなんて嘘を信じたことは、正直悲しかった……というか、失望しましたね」

「それは……」

「私が本当にそんなことをするとお思いですか？」

ミレイユがジュールを睨みつけると、彼は誤魔化すようにワインを一気に煽る。

「まあ、過ぎたことなんていいだろ？　お前も飲めよ」

過ぎたことですって……⁉

今の一言がなくても、ミレイユはとても飲む気にはなれなかった。ミシェルと繋がりのある者からの飲み物なんて、怖くてとても口にできない。

「なんだよ。根に持っているのか？　お前は本当に執念深い女だな」

同じことをされたとしたら、自分は許せるのかと聞きたい。

ミレイユが怒りに震えていると、誰かに後ろからワイングラスを取られた。

「あっ」

振り返ると、アロイスが立っていた。

「このワインは、そんなに美味しいんですか?」

「アロイス、いけません……」

「アロイス様……」

「人の婚約者に隠れて渡そうとするほど、美味しいのかと聞いているのですが」

「え、ええ、とても。ミシェルが、珍しくて美味しいワインだと持たせてくれたんです。これを飲みながら昔話に花を咲かせて、ミレイユ……嬢と仲直りしてはどうかと。ミシェルは天使のように優しい女性なんです」

ミシェルが……!

やはりこのワインには、何かが入っているに違いない。

「そうでしたか。では、そこで覗(のぞ)き見(み)をしているミシェル嬢に召し上がっていただこうか」

アロイスの視線の先のカーテンから、ミシェルのドレスの裾が食(は)み出(で)ていた。

「……っ!?」

そんな所に居たなんて、全然気付かなかった。

名前を呼ばれても、ミシェルは出て来ようとしない。ドレスの裾が見えていることに気付いていないらしい。

「ミシェル嬢、やり過ごそうとしても無駄ですよ。わかっていますから」

長い沈黙の後、ミシェルは観念したように出てきた。

「の、覗き見なんて人聞きが悪いことを仰らないでください。ジュール王子とお姉様が仲直りできるか心配で、見守っていただけです」

よく言うわ……。

何か目的があって見ていたのだろう。こんな恐ろしい妹とずっと一緒に暮らしてきたかと思うとゾッとする。

「そうでしたか。では、これをどうぞ」

アロイスがミシェルとの間を詰め、ワイングラスを差し出す。

「な……っ……それは……」

ミシェルの顔色が、見る見るうちに青ざめるのがわかった。

「とても美味しいそうですね。さあ、どうぞ」

「……っ……わ、私は……あまりお酒が好きじゃなくて……」

「そんなことないわよね。夕食の時、好んで飲んでいたのを覚えているわ」

ミレイユが追撃すると、ミシェルがキッと睨んでくる。その反応で確信した。このワインには何か混ぜられている。

さあ、ミシェル、観念して毒を入れたのだと認めなさい。

「ミシェル、どうしたんだ？　飲めばいいじゃないか……ぐっ……!?」

ジュールが口を押え、咳き込みだしたと思ったら血を吐いた。

「ジュール王子……っ!?」

ジュール王子のワインにも毒が入っていたの!?

「な……ど……して……ミシェル……」

ジュールはその場に倒れ、血まみれの手でミシェルのドレスの裾を掴んだ。

「ひっ！　きゃあああ！　嫌っ！　触らないでっ！」

ミシェルはドレスを引っ張り、ジュールから距離を取る。彼女の叫び声で、ホールの中に居た者の注目が集まった。

「ミシェル……ミシェ……」

ジュールはうわ言のようにミシェルの名を呼び、やがて意識を失った。

「きゃあ！　血を吐いて倒れているわ……！」

「あれはコルチカム国の王子じゃないか!?」

「この者は、私の婚約者とコルチカム国王子に毒を盛った！　今すぐに捕らえよ！」

アロイスの一声で、待機していた騎士がミシェルを拘束した。

「や……っ……痛い！　離して……っ……私はやってないわ！　お姉様……お姉様がやったの！　私じゃないってばぁ……っ！」

「地下牢に連れて行け」

「はっ！」

「地下牢!?　い、嫌……っ！　私はコルチカム国の王子妃になる者よ！　こんなこと許されない……っ！　離して！　嫌……っ……嫌ぁっ！」

ミシェルは最後まで自分ではないと主張したが、許されるはずもなく城の地下牢に捕らえられたのだった。

第六章　憧れの女性

「忌々しい……お前が生まれなければ、クリスティーネは死ななかった。この悪魔め！　お前なんて生まれなければよかったんだ」

「……申し訳ございません。父上」

アロイス・ハインミュラーは、両親に強く望まれて生まれてきた子供だった。きっと母が存命だったら、両親の深い愛を受けることができただろう。

しかし、母クリスティーネは、アロイスを出産後に出血が止まらなかったことが原因で、亡くなってしまった。

クリスティーネを深く愛していた父グンテルの悲しみは、彼女が亡くなる原因となったアロイスに向けられることになった。

グンテルはアロイスの顔を見るたびに「お前のせいでクリスティーネは死んだ」「お前など生まれてこなければよかった」などと酷い言葉を浴びせていた。

しかし、どんなに憎くても、後継ぎはアロイスしかいない。

グンテルはアロイスを次期国王として、育てなければならなかった。

物心がつく前から実の父親に憎まれ、母親はアロイスのせいで亡くなったと聞かされ続けてきたアロイスは、ずっと傷付いていた。

悲しくて、寂しくて、辛くて、幼いアロイスは自分を責め、泣いてばかりいた。

だが、成長していくうちに、アロイスは泣かずに過ごすことができるようになった。

泣いたって、母上が死んだのは変えられない。俺は次期国王として勉強すべきことがたくさんある。時間がいくらあっても足りない。泣いている時間なんてない。

アロイスは悲しさを紛らわすように、勉学や剣術に励むようになったが、その様子を見たグンテルは、ますます苛立った。

「自分のせいで母親が死んだのに、よくも普通に過ごせるな。お前は悪魔だ。悪魔だからクリスティーネが死んだんだ」と罵るようになった。

最初はグンテルの言葉にとても傷付いていたし、自分を責めていた。しかし、成長するにつれて父が愚かに見えてきた。

愛する人を亡くしたのは悲しいことだ。しかし、子供に八つ当たりをするなんて愚かで最低だ。

俺は生まれたくて生まれてきたわけじゃない。父上と母上が望んだから生まれてきたんじゃないか。

一度嫌悪感を覚えると、駄目だった。グンテルと同じ空気を吸うだけで、うんざりしてしまう。

極力顔を合わせたくないが、後継者という立場上、顔を合わせなければならないことどころか、遠出をしなければいけないことも多い。

短時間ならまだしも、遠出は辛かった。

「アロイス様は、どこへ行かれた⁉」

「またか……！　優秀なお方だが、フラフラどこかへ行く癖は、どうにかして欲しいものだな……」

グンテルと同じ空間に居ることが耐えられなくなったアロイスは、たびたび姿を消し、息抜きをしたところで帰ってくることを繰り返していた。

そのたびにグンテルや臣下から叱られたが、こればかりはどうしようもない。

この時間がなければ、次に罵られた時に口汚く罵り返し、殴りかかってしまいそうだったからだ。

今日は友好国のコルチカムの建国記念日だった。

同じ馬車で長い間一緒に過ごし、暴言を受けてきたため、限界を迎えたアロイスは、隙を見てグンテルの傍から離れた。

「こんなことを言っては不敬罪で死刑になりそうですが、言わせていただきます。グンテル様はあんまりです。世界で一番可哀相なのは、ご自分だと思っているんじゃないですか？　アロイス様がどれだけ悲しい思いをされているか……」

「ありがとう。ケヴィン」

レーヴィト公爵家の嫡男、ケヴィンは、アロイスの友人でもあり、将来の側近候補だった。将来の勉強にと、こうして外交についてくることもある。

父親には恵まれなかったが、アロイスは周りの人間に恵まれた。ケヴィンもそうだが、他にもアロイスを気にかけてくれる優しい者ばかりだ。

父親に恵まれていたら、母親が生きていてくれたら、アロイスはどれだけ幸せだっただろう。

そんなことを考えながら歩いていると、曲がった先に大人の男女と小さな女の子の姿を見つけて、身を隠す。

陰からこっそり見ると、少女のあまりの美しさに、思わず目を奪われた。

艶やかな金色の髪、大きな目はアメジストのような神秘的な色をしている。雪のように白い肌に、薔薇色の頬と唇、まるで人形のようだ。

「うわっ！　すごく綺麗な子ですね」

ケヴィンに言われ、ハッと我に返る。

女の子に見惚れたのは、生まれて初めてだ。

「そうだな。……別の通路を探そう」

来た道を引き返そうとしたその時、怒鳴り声が聞こえた。

「ミレイユ！　先ほどの態度はなんだ！　サミュエル公爵家の名に泥を塗るつもりか？」

「ジュール王子のご機嫌を損ねるなんて……あなたはどうしてそうなの⁉　ああ、恥ずかしいわ」

幼い女の子に対して、なんて怒鳴り方だろう。

「うわぁ……酷い両親ですね。あんな怒鳴って、泣いてしまいますよ」

ああ、そうだな。絶対に泣くだろう。

ミレイユという女の子と、グンテルに怒鳴られる自分の姿が重なった。思わず出て行こうとしたら、ケヴィンに腕を掴まれる。

「離せ」

「いけません。彼女の両親は、恐らくコルチカム国の貴族ですよ。下手に手を出しては、外交問題になりかねません」

「それでも……」

ケヴィンの手を振り払って出て行こうとしたその時、ミレイユは泣くどころか、背筋を真っ直ぐに伸ばし、凛とした表情で両親を見上げた。

「申し訳ございません。今後気を付けます」

幼い子供とは思えない表情と、返し方だった。

「うわぁ、すごい女の子ですね。ちっちゃいけど、大人の女性みたいですよ。いや、さっきみたいに怒鳴られたら、大人だって泣く人はいると思いますよ」

「ああ、俺もそう思う」

なんて女の子だろう。自分よりも幼いのに、泣くどころか、こんなに堂々として……。グンテルに怒鳴られ、めそめそ泣き、こうして逃げ回っている自分が、急に恥ずかしくなってきた。

ミレイユの謝罪に納得したのか、彼女の両親はそれ以上怒鳴ることはなかった。三人が去って行ったのを見届けると、アロイスは踵（きびす）を返した。

「アロイス様？」

「……戻る」

「え？」

「父上の元に戻る」

「どうしたんですか？　急に」

「俺も頑張らないといけないと思っただけだ」

ミレイユの凛とした姿が忘れられず、アロイスは国に戻ってから彼女のことを調べた。名前を知っていたから、調べるのは簡単だった。

ミレイユ・サミュエル。コルチカム国の公爵令嬢で、第一王子ジュールの婚約者――。

もう婚約者がいると聞くと、胸の中がモヤモヤした。

どうして、こんな気持ちになるのだろう。

初恋の経験がないアロイスは、その気持ちの正体はまだわからない。

ジュール王子、挨拶は交わしたことがある。その時は何の感情も抱かなかったが、今は忌々しくて堪らない。

王子の婚約者……厳しく育てられてきたのだろう。あんな幼いのに、なんて強くて立派なのだろう。

彼女の姿を見て以来、アロイスは変わった。

ミレイユ嬢なら、どうするだろう。

そんなことを想像し、行動するようになった。

辛い時は、ミレイユなら耐えられる。こんな風に落ち込んだりしないと自身を励まして過ごした。

コルチカム国に行ける時は、ミレイユの姿が見られるかもしれないと期待で胸が躍った。

二度目に出会えたのは、一年後の建国記念日で行われた舞踏会の席だった。

ホールの片隅で、ジュールと二人で話しているのを見かけると、胸が痛んだ。

何を話しているんだろう。

「あ、この前の子ですね。相変わらず綺麗だなぁ」

「ああ、そうだな」

さりげなく近付くと、ジュールが苛立った様子でミレイユに詰めかけていた。

「……それに、なんだよその色」

「色と申しますと？」

「ドレスの色だよ！　なんでピンクなんだよ。俺はピンクが嫌いだって知っているだろ⁉」

「いいえ、存じ上げません。お嫌いなのは紫で、ピンクは特に何の感情も抱いていないと聞いておりましたが」

「そのピンクの色が嫌いなんだよ！　わざわざ俺の嫌いな色のドレスを着るなんて、嫌味のつもりか？　わざとだろ！」

「そんなつもりは、決して……」

「口答えするな！　あーあ、お前みたいな女が婚約者なんて、本当に最悪だよ。いつも涼しい顔して、自分は優秀ですよーって顔して、そんなに周りから優秀だって思われたいのかよ。お前なんてちっとも優秀じゃない。大きな顔するなよ！」

なんて物言いだ！

思わず出て行こうとしたら、ケヴィンに手を掴まれた。

「アロイス様、いけません！」

「離せ！」

「離したら、絶対ぶん殴るじゃないですか！　国家間の問題になりますよ！　あなたはどうして、あの令嬢のことになると、そう冷静さをなくすんですか……って野暮ですね」

「野暮？　何を言っているか知らんが、とにかく離せ」

「えっ！　ご自分の心に気付いてないいんですか!?　いや、人に言われて気付くのはよろしくないですね。とにかく駄目です！」

　そんなやり取りをしていると、ミレイユは小さくため息を吐いて、ジュールを真っ直ぐに見つめた。

「ジュール王子」

「な、なんだよ」

「偶然です」

「は？」

「ドレスの色があなたのお嫌いな色になってしまったのは、偶然です」

「いや、違う。お前は……」

「偶然です」

　ミレイユが言い切ると、ジュールはソワソワしてバツの悪そうな顔をし、「ふんっ！」

と鼻を鳴らして去って行った。

　この前、両親に酷いことを言われていた時といい、今日のことといい、なんて強い女の子だろう。

「うわー！　あの子、本当にすごい子ですね。あんな王子の婚約者にしておくのは勿体ない子だ」

「ああ、そうだな」

　アロイスは、ますますミレイユに夢中になった。

　どうやって過ごし、どうやって育てば、あんな風に幼いながらに強い子になれるのだろう。

　あのアメジストみたいな神秘的な瞳に、自分も真っ直ぐに見つめてもらいたい。

　その翌年、アロイスは再び建国記念日にコルチカム城を訪れ、グンテルからこっそり離れて城の中を歩いていた。

　グンテルから逃げたくて離れたのではない。ミレイユの姿が見たかったからだった。

　いないな……欠席か？　いや、建国記念日だし、あの忌々しい王子の婚約者なのだから、絶対にいるはず……。

　でも、出席できないぐらい体調を崩しているという可能性もあるか……。

　彼女が体調を崩していたとしても、アロイスは見舞いに行くことなんてできない。一方的に知っているだけなのだから……。

「……っ」

ミレイユ嬢と話してみたい……。

話して、自分がどんな人間なのか知ってもらいたい。親しくなりたい。

どうしてそんなことを思うのだろう……。

いつの間にか、庭に出てきてしまった。

「こんな所にいるはずがないか……」

城の中に戻ろうとしたら、小さな嗚咽(おえつ)が聞こえてきた。

「……?」

誰かいるのか?

普段なら無視するであろうその音が気になって、足を進めると——そこには、アロイスの探していた女の子がいた。

彼女は両手で顔を覆い、しゃくりあげていた。手の隙間から、ポロポロ涙がこぼれている。

ミレイユ嬢……！

心臓が嫌な音を立てる。

あんなに強いミレイユが泣くなんて、何があったんだろう。これはよほどのことだ。

「どうしてこんなに頑張っているのに……っ……どうして誰も認めてくれないの……」

風が吹けば、かき消されてしまいそうなほど小さな声だった。

ああ、彼女は強いんじゃない。辛いのを我慢して、強く見せようと努力しているだけなんだ。

きっとこうして一人でいる時しか、こうして弱音を吐くことができない環境にいるんだ。

胸が苦しくなった。

声をかけようとしたが、他国の王子が、婚約者のいる令嬢であるミレイユに声をかけることで、彼女にとって不利益な噂がたつかもしれないと思いとどまった。

ミレイユ嬢、泣かないで……。

アロイスは身を隠し、ミレイユが泣き止むまで隠れて見ていた。

俺は、なんて無力なんだ……。

何もできない自分がもどかしくて、悔しかった。

国に帰ってからも、一人で泣いていたミレイユの姿が目に焼き付いて離れない。何度も思い出しては、胸が苦しくなった。

小さな身体で、一人涙を流すあなたを抱きしめたい。

もし、自分がジュールなら、ミレイユにあんなことを言ったりしない。

ミレイユの両親にこれ以上厳しくしないように頼み、自分も彼女に優しくして、彼女がいつも笑顔でいられるようにするのに……。

どうして、こんな風に思うんだろう。

――ああ、そうか……。

俺は、ミレイユ嬢が好きなんだ。

なんとかして、彼女をあの地獄から救うことはできないだろうか。

しかし、アロイスは第一王子で、次期国王という立場にあるが、グンテルが王位についているうちは、何の力もない。

グンテルに相談――……は、無理だ。自分への嫌がらせとして、ミレイユが今よりも酷い目に遭わされるかもしれない。

そもそもミレイユは、ジュールのことをどう思っているのだろう。

あの幼さで婚約しているということは、政略的なものだ。でも、アロイスの両親は政略結婚だったが、愛し合っていた。

ミレイユも酷い目に遭わされてはいたが、ジュールのことを好きだったら……？

様々な考えや気持ちが入り混じり、いい考えが出ない。

アロイスは少年から青年となり、やがて戦争に出立することとなった。

「アロイス、勝利することができたら、お前の願いを何でも一つだけ叶えてやろう」

アロイスが戦争に出立すると決まってから、父は上機嫌だった。敵国はかなりの軍事力があり、勝率は五分五分だった。

俺が死ぬと思っているのだろうな。

アロイスが死ねば、後継ぎはいなくなる。大変な事態だが、そんなことなど、どうでもよくなるほど彼のことが憎いのだろう。

「はい、行ってまいります」

しかし、アロイスは勝った。何度か戦争に出て、勝利して帰ってくるうちに英雄として崇められるようになった。

戦争中は辛かった。

手には人を切った感触が残り、いくら身体を洗っても血の臭いがとれない気がする。まともに睡眠や休息がとれない過酷な日々だったが、それでもグンテルと共に居る時よりは気持ちが楽だった。

戦地よりも、父の傍の方が嫌だとはな……。

自分でも呆(あき)れて、苦笑いをしてしまう。

コルチカム国の建国記念日は、戦地に赴いている間に過ぎ、ミレイユの姿を見たのは三度だけとなった。

しかし、三度だけしか会っていないのに、ミレイユのことを考えない日はなかった。

ジュールと結婚したのなら、結婚式の招待状が届いているはずだが、今のところはまだない。

いつか結婚する日は必ず来るが、正気でいられるだろうか。

招待状が来たら、何もかも考えられなくなり、奪いに行ってしまいそうだ……。

そうしているうちに、グンテルが病に倒れた。

彼は食事も満足にとれなくなり、ベッドで眠る日々が続き、彼は見る見るうちに痩せていった。

グンテルが政務を行えない日々が続き、アロイスが代行を務めるようになった。今度のコルチカム国の建国記念日は、アロイス一人だけで行く予定だ。

また、ミレイユを見ることができるだろうか。大人になった彼女を見るのが楽しみであり、ジュールの隣に立っている姿を想像したら、胸が焼け焦げそうだった。

「奪えばいいじゃないですか」

「は?」

ケヴィンは、アロイスが自分の心に気付く前に、彼がミレイユに恋心を持っていることを知っていたため、たびたび苦しくなった時には気持ちを吐露していた。

例によって話すと、とんでもない言葉が返ってきた。

「もうすぐあなたは、国王となるでしょう。そして今はすでに、国王と同じ権限をお持ちになっている。そして言い方は悪いですが、コルチカム国は我が国の恩恵をなくしては、存続できない弱小国だ。ミレイユ嬢をこちらに渡さなければ、援助を打ち切ると言えば、ミレイユ嬢はあなたのものですよ」

「な……っ……そんなこと、できるわけがないだろう！　ミレイユ嬢に嫌われたら、どうするんだ！」

諸外国から反感を買うということよりも、ミレイユに嫌われる方が先に気になった。

「あんな男でも好きだったらどうするんだ」

「あんな男ですよ？　絶対喜ぶと思うんですが」

自分で言っておきながら、胸が苦しくなる。

「では、お聞きになってはどうですか？　ミレイユ嬢と二人きりになれる機会をなんとしてでも作りましょうよ。そしてあの男との結婚が嫌だと言ったら、奪うんです。ロマンチックじゃないですか？」

確かに……。

あの男との結婚が嫌なら、自分の元に来てくれるかもしれない。

そんな希望を胸に抱きながらコルチカム国へ入ると、不穏な噂が飛び込んできた。

ジュールの婚約者のミレイユが、自分の妹を毒殺しようとした。自らも命を絶とうとしたが、失敗した――と。

ミレイユがそんなことをするはずがない。その証拠にほら、ホールには彼女の姿がある。相変わらず……いや、幼い頃以上の素晴らしい美貌だったが、真っ白を通り越して青ざめていた。

皆ミレイユの周りを避け、コルチカム国の騎士たちが彼女を睨んでいる。

「実の妹を毒殺しようとしたんですって……」

「恐ろしい……」

コルチカム国の貴族たちが、ヒソヒソと話す。

ミレイユ嬢が、そんなことをするわけがないだろう……！

怒鳴りつけたくなったその時、ジュールが前に出た。

「ミレイユ・サミュエル、妹を殺そうとした恐ろしい女は、私の妻に相応しくない。そなたとの婚約は破棄し、代わりに妹のミシェル・サミュエルと婚約することをここに宣言する」

諸外国が集まっているこんな場で、婚約破棄を申し出るなんて正気か⁉

ミレイユに恥をかかせたことに、怒りで目の前が真っ赤に染まる。

「なんとか言ったらどうだ。……ああ、毒で口が利けないのか。自業自得だ。賢い女を装っていたが、こんなにも愚かな女だったとはな。結婚する前にわかってよかった」

「お姉様、どうしてこんな……」

毒で口が利けないだと？　なんてことだ。

ミレイユに嫌われることを恐れずに、自分が攫っていたらこんなことにはならなかったかもしれない。

ミレイユを庇う者は、幼い第二王子アベルだけだった。

ミレイユ嬢、どれだけ傷付いてきたことだろう。

「……っ……なんだ、その顔は……温情がいらないと言うのなら、極刑にしてやっても構わないぞ！　それでもいいんだな⁉」

ジュールに怒鳴りつけられたミレイユは、幼い頃と同じく、真っ直ぐな目で彼を見つめていた。

なんて気高い女性だろう。

ミレイユの気迫に、怒鳴った方のジュールがたじろぐ。

「……ケヴィン、先に言っておく。止めるなよ」

「ええ、もちろんです。むしろ早く行ってください」

ケヴィンに声をかけ、アロイスは前に出た。

「お待ちください」

アメジスト色の神秘的な瞳に、アロイスが映る。

「ミレイユ嬢、どうか私と結婚してください」

ああ、初めてあなたに声をかけることができた。この瞬間を、どれほど夢に見たことだろう。

もう、あなたを泣かせない。俺が絶対に幸せにしてみせる……！

第七章　無実

即位式から半年が経とうとしていた。

ミシェルが渡したというワインからは、毒物が検出された。

ジュールは毒を飲んですぐに手当てされ、なんとか命を取り留めることができた。

しかし、毒を飲んだ量が多かったこと、ミレイユに使った毒よりもさらに強い種類のものを使われたため、身体のあちこちに麻痺が残ってしまった。

まともに話せなくなり、食事も誰かの補助がないと難しい。一人で歩くことどころか、立つこともできなくなった。

これでは将来王となって政務を行うことができないと、ジュールは王位継承権をはく奪され、住居を王子宮からアベルが住んでいた離宮へ移されることになった。

ジュールに王位継承権がなくなったため、次期国王は弟のアベルになることが決まった。

身分が低い侍女との間に生まれた子で、不遇の扱いを受けてきた王子だったが、正義感に溢れて、ミレイユに優しくしてくれた。

アベルが王になるのなら、コルチカム国はとてもいい国になるだろうと思う。

そのことをアロイスに話すと、アベルがしっかりとした王になるまで助けると約束してくれた。

そして、ミシェルに毒を渡した者が見つかり、捕まった。

証拠が揃ったことにより、ミレイユがミシェルを殺そうとしたのではなく、ミシェルがミレイユを殺そうとしたという真実が流れ、ミレイユの汚名は無事返上された。

捕まった後も自分の罪を頑なに認めず、将来のコルチカム国の王妃になんてことをするんだと訴えていたミシェルだったが、証拠を突き付けられると観念して動機を話した。

幼い頃から健康で、自分のやりたいことをしているミレイユが憎くて、嫌いだった。

ミレイユの大切な物を取り上げる時に見せる顔が好きで、見たさのあまり止められなかった。

自分がアロイスの妻になろうとして、邪魔だったジュールとミレイユを片付けようと、毒を盛った。

しかし、ミレイユが死んでは悲しがる顔を見ることができないので、彼女だけは死なないようにしようと、ある程度で毒入りワインを飲ませるのを止めようと思っていた……と聞いてミレイユは青ざめた。

憎まれていたのは毒殺されそうになった後にミシェルから聞いて知っていたが、まさかそんな顔を好まれていたなんて思わなかった。

ミシェルは長らくカランコエ国城の地下牢に捕らえられていた。コルチカム国とカランコエ国間で、彼女の処分を話し合う必要があったからだ。

先月彼女の処分がようやく決まり、かつてミレイユが行く予定だったカルミア修道院へ送られたのだった。


夕食を終えたミレイユは、自室に戻っていた。

カルラに淹れてもらった紅茶を飲まずに眺めながら、ミシェルのことを考える。

ミシェルは今頃、どうしているかしら……。

あの後のミシェルは酷かった。

二度目に毒を盛る際、ミシェルは焦ったせいで毒を零し、その毒は身に着けていた手袋に滲みて皮膚に入り込んだ。

その毒はじわじわとミシェルの身体を蝕み、血を吐いたことでようやく本人も周りも毒に侵されていることに気が付いたのだった。

体調が悪いのも、食事がとれずに痩せたのも、捕らわれたショックからだと思って発見が遅れた。

毒が回ったせいで免疫力が落ち、カランコエ国で流行っている老人や子供しかかからない病に感染して高熱を出し、重症化して一時期は意識不明となった。

なんとか持ち直して危機を脱したものの、不幸なことに湿疹は顔と頭皮を中心に出てしまった。痒(かゆ)みに耐え切れずかきむしったことで髪の毛は抜け、肌には痕が残り、ミシェルの美貌は見る影もなくなっていた。

カランコエ国からコルチカム国へ輸送される際、顔を見た子供に「化け物」と言われ、泣き崩れたと聞いた時には、胸が痛くなった。

ずっと嫌な目にあわされていても、毒殺されそうになっても、心の奥深くにあった彼女に対する情は、無になっていないことに驚く。

ミシェルが最初から健康だったら、仲のいい姉妹になれていたのかしら……。

考えても仕方のないことをつい考えてしまい、ミレイユは首を左右に振って、冷めてしまった紅茶を飲んだ。

「はあ……」

溜息をつき、机の上にある手紙に目を向ける。

「……また、送られてきたのね」

それは両親からの手紙だった。

ミシェルが捕まってすぐは、ミレイユがミシェルを陥れたのだろう。すぐにミシェルを解放しろと書かれていて、証拠が見つかってからは、どうにかしてミシェルを助けてほしいという内容に変わった。

そしてしばらくすると、ミレイユに媚びる内容も追加されるようになった。

サミュエル公爵家は、ミシェルの不祥事により領地である鉱山を没収された。本来なら王子を毒殺しようとした者を出した家だ。爵位を剝奪されてもおかしくない。

しかし、カランコエ国の王妃となるミレイユの生家だからこその温情だった。

王子と姉を毒殺しようとした娘を育てた。

無実のミレイユを殺人犯として酷い目に遭わせた。

コルチカム国始まって以来のスキャンダルで、肩身の狭い思いをしている両親だったが、幼い頃からミレイユに冷たく当たっていたのを目撃していた貴族たちが、あれは酷かったと噂し始めたものだからさらに辛くなったようだ。

現状を脱却するためには、ミレイユとの仲を深めること。

ミレイユが両親に感謝し、頼るところを見せれば、世間からの見られ方も変わるに違いないと考えているようだった。

ミレイユが捻くれてそう考えているのではなく、実際手紙に書いているのだから間違いない。

ミシェルには無償の愛情を渡せるのに、私には打算でしかくれないのね……。

打算でも欲しい――。

心の底で、そう考えてしまう自分が情けない。

でも、思い通りになどなりたくない。ミレイユは両親の手紙に、一度も返事を出していない。

ミレイユは新しく来た両親の手紙に一通り目を通す。

内容はやはり、同じものだった。

近々パーティーを開くから、ぜひ出席してほしい。そして周りに仲のいい親子ということを見せたいということ、そしてミシェルをどうか助けてほしいということ……。

ミレイユは封筒に手紙を戻すと、引き出しをあけて一つの箱を取り出した。中には両親からの手紙を入れてある。

こんなものを大切に取っておくなんて、私はなんて愚かなのかしら……。

胸が苦しい。これがある以上、この苦しみから逃げられない。

ミレイユはその箱を持つと、暖炉の前に立つ。

もう、大切になんてとっておかない。

両親からの手紙を一枚、そしてまた一枚と暖炉の中に入れた。

パチパチ音を立てながら燃える手紙を見ていると、ミシェルに毒殺犯に仕立てあげられ、声が出ない中、自分は犯人じゃないという訴えを書いた紙を父に燃やされたことを思い出す。

一度でもいいから、お父様とお母様からミシェルのように愛されたかった。

虚しさでいっぱいになっていると、部屋をノックする音が聞こえる。

「はい……」

返事をすると、入って来たのはアロイスだった。

「アロイス……」

アロイスの顔を見ると、張りつめていた神経が緩んでいくのを感じる。

「暖炉の前でどうした？　寒いのか？」

アロイスがガウンを脱いで、ミレイユにかけた。彼のいい香りと温もりが伝わってくると、いつの間にか強張っていた表情が綻んだ。

「いいえ、手紙を燃やしていただけなので、大丈夫ですよ」

ミレイユはまた一枚、暖炉にくべた。

「手紙？　もしかして、ご両親からのか？」

「ええ、また同じ内容でした。何度送られても、応じる気なんてないのに……」

両親からどんな内容の手紙が来たのかは、アロイスに話していた。燃え切ったのを見届け、最後の一枚をくべようとしたら、アロイスがその手を掴む。

「いいのか？　箱に入れていたということは、大切にしていたんじゃないのか？」

図星だった。

ずっと両親には苦い思いをさせられてきた。それでも届いた手紙は特別に感じて、どんな内容でも捨てられず箱に閉まっていたのだ。

「……はい……でも、それが嫌なんです。記憶をいくら辿っても、愛情を感じさせられる思い出が何もなくて、冷たい言葉をかけられたことしか思い出せない。今もミシェルのことは心配するけれど、私にはその欠片(かけら)もない。そんな人たちを嫌いになりきれない自分が嫌で……だから、処分すれば変われるんじゃないかって思って」

「ミレイユ、人の気持ちは複雑だ。だから、好きか、嫌いか、俺は、白黒付けなくてもいいと思っている。灰色だっていいんだ」

灰色でも……。

アロイスに摑まれた手が温かくて、さっきまで虚しくて辛かった心が癒されていくのを感じる。

「アロイス、ありがとうございます……」

心の中にかかっていた黒い霧が、スッと晴れていくのを感じた。

両親は私を愛してくれなかった。でも、アロイスは、こんなにも私を大切にしてくれる。

アロイスが手を放すと、ミレイユは最後の手紙を暖炉に入れた。

「ミレイユ！　いいのか?」

「はい、アロイスの言葉で、処分する気になれました」

私は打算でしか愛してくれない家族ではなくて、私が私であるだけで愛してくれる家族を大切にしていきたい。

「そうか」

アロイスはミレイユを抱き寄せると、優しく頭を撫でてくれた。

「私、寒くないので、ガウンを返しますね」

「大丈夫だ。そのまま羽織っていてくれ」

「でも、アロイスが風邪を引いてしまいます」

「俺はミレイユとこうしていれば、温かいから大丈夫だ。さあ、寝室に行こう」

「はい」

結婚式までまだ一か月あるが、ミレイユとアロイスは、初めて身体を重ねた時からこうして二人で眠ることが日課となっていた。

本来なら未婚の身でベッドを一緒にするのは以ての外だが、二人に何か言う者は一人もいないし、周知の事実となっていた。なので、結婚前だが、結婚後に使う予定だった夫婦の寝室をこうして先に使っている。

ベッドに入った二人は、どちらからともなく唇を重ねて、ぎゅっと抱きしめ合う。

「もうすぐ結婚式だな」

「はい……私たち、やっと家族になれますね」

「ああ、未だに夢みたいだ。ずっと好きだった人が、妻になってくれるなんて」

「嬉しいです。私も夢みたいです」

本当に夢みたいだ。まさか、好きな人ができて、好きな人が自分を好きになってくれて、こうして家族になれるなんて……奇跡みたいな確率に違いない。

ミレイユは幸せを噛み締めながら、幸せな眠りについた。

翌日の夜、ミレイユは自室で王妃としての勉強をしながら、アロイスの政務が終わるのを待っていた。

チラリと時計を見ると、もうすぐ日付が変わりそうだ。

今日はお忙しいのかしら……。

何か差し入れをしようか考えていたら、アロイスが足早にやってきた。

「ミレイユ、遅くなってすまなかった」

「いいえ、ご政務お疲れ様でした。今日はお忙しかったですか？」

「いや、早めに切り上げたんだが、別件で夢中になって時間がかかってしまった」

「別件、ですか？」

何かしら。私にも力になれることはないかしら。

するとアロイスが、一通の手紙を差し出す。

「手紙？　私にですか？」

差出人は誰かしら。

アロイスの手を煩わせるということは、厄介な相手だろうか。ドキドキしながら裏返すと、そこには彼の名前が書かれていた。

え、アロイスの名前？

「ああ、俺がミレイユに書いた」

「えっ！　アロイスが？」

「あの箱に入れてもらおうと思って書こうと思ったんだ。どう書いていいか悩んで、かなり時間がかかってしまった」

空っぽになった箱を見て、悲しむミレイユの姿を想像したのだろうか。

アロイス、あなたって人はどうしてこんなに優しいの……。

アロイスの優しさが心にじんわりと広がって、ミレイユの眦から涙がこぼれる。

「嬉しい……アロイス、ありがとうございます。宝物にします」

少し前までは悲しい時にしか泣いたことがなかったのに、アロイスと出会ってからは嬉しくて泣いてばかりだ。

アロイスと出会ってから、嬉しい時にも涙が出ると知った。

この人に出会えて、好きになってもらえてよかった……。

「これからは、箱がいっぱいになるまで……いや、箱がいっぱいになっても書き続ける。だから、たまには返事をくれると嬉しい」

「ええ、毎回書きます」

「楽しみだ。俺も宝物にする」

両親から手紙を受け取った時は虚しさでいっぱいだったのに、アロイスの手紙を持つとこんなにも心が満たされる。

「あの、読んでもいいですか？」

「それは恥ずかしいな。できれば、一人の時に読んでもらえたら助かるが……」

アロイスが頬を染め、気恥ずかしそうに目線を逸らす。

その様子がとても愛らしくて、見ていると胸の真ん中がキュゥッと切なくなって、抱きつきたい衝動を抑えられなくなる。

二人きりだもの。抑えなくてもいいわよね？

ミレイユはアロイスに抱きつこうとしたが、気が付いたら唇を奪っていた。

「あっ」

「えっ」

目を丸くしたアロイスを見て、ミレイユはハッと我に返る。

抱きつくどころか、口付けしてしまったわ……！

「ご、ごめんなさい。私ったら……」

自分から口付けするのは、初めてのことだった。羞恥心が襲ってきて、ミレイユの顔は、みるみるうちに赤くなる。

「えっと、わかりました。お手紙、ありがとうございます。明日、一人の時に読ませていただきますね」

恥ずかしさを誤魔化すように早口で話したミレイユは、手紙を引き出しの中にある箱に大切にしまい、寝室へ向かおうと出口へ向かう。

「もう遅いですし、そろそろ休みましょうか」

「ミレイユ、待ってくれ」

アロイスは取っ手を摑んだミレイユの手を握り、彼女が振り向くと唇を奪った。

「ん……っ……アロイス……んん……」

どんどん深くなっていく口付けで、身体が熱くなっていくのを感じる。

「どうして謝ったんだ？」

「な、なんだか恥ずかしくなってしまって……はしたなかったかしら……と」

「はしたなくなんてない。俺は嬉しい」

アロイスの手が後ろから伸びてきて、ガウンの合わせ目から入ってくる。

「それに覚えているか？　はしたないのは大歓迎だと言った」

ナイトドレスの上から豊かな胸を包み込まれると、身体がビクッと跳ね上がった。

「あ……っ……んん……お、覚えて……います……」

形を変えられるたびに快感が走って、あっという間に先端が起ちあがった。ナイトドレスの前を飾っていたリボンを解かれ、胸を露わにさせられる。

「！　ア、アロイス、待ってください……寝室に行きましょう？」

「待てない」

胸の先端をキュッと抓まれ、ミレイユは甘い声をあげた。

「あんっ！」

ミレイユの部屋から、夫婦の寝室までたいした距離はない。

歩いて一分もかからないのに待てないなんて……そんなに強く求められるのは、正直な話、とても嬉しかった。

「……っ……ン……で、では、私の部屋にもベッドがあるので、そちらへ……」

「待てないと言ったら、どうする？」

そんな距離も待てないほど、私を求めてくださるの……？

「……っ……私も……待てなくなってしまいます」

アロイスが後ろからちゅ、ちゅ、と首筋を吸ってくる。

「ぁんっ……アロイス……」

「そんな可愛すぎる答えが返ってくるとは思わなかった。ミレイユ、こっちを向いてくれ」

振り向くと、唇を奪われた。

「ん……ふ……んんっ」

アロイスはミレイユの赤い唇を奪いながら、淫らな手付きで胸を揉み抱いた。鍛えられて硬い手の平に、尖った先端が擦れると、そこから甘い快感が広がる。もう、すでに秘部は潤んでいた。

「これ以上俺を夢中にさせてどうするつもりだ？」

「それは、こちらの台詞(せりふ)です……んっ……ぁんっ……」

淫らな手付きで可愛がられ、ミレイユの唇からは甘い吐息と喘ぎがこぼれる。

「……っ……ン……あ、あの、アロイス、本当にここで？」

「嫌か？」

ミレイユはすぐに首を左右に振った。

「アロイスとなら、どこでだって……」

ああ、恥ずかしい……。

はしたなくても受け入れてくれるアロイスだから、思っていたことを素直に伝えられる。

「じゃあ、遠慮はしない」

アロイスは嬉しそうに口元を綻ばせると、ミレイユの胸の先端を唇と舌で可愛がり始めた。

「ぁ……っ……んんっ……アロイス……んっ……ぁんっ」

私、こんな所で、アロイスと淫らなことをして……。

ベッドではない場所で愛し合うことに興奮し、ミレイユの秘部は蜜で溢れかえり、ドロワーズはグショグショに濡れていた。

「いつもより感じているような気がするが……もしかして、ベッドじゃないから興奮しているのか？」

図星を突かれ、ミレイユは顔から火が出そうだった。

「……っ……そ、そんな意地悪なこと、お聞きにならないでください」

「ふふ、その答えは認めているようなものだぞ？」

アロイスは楽しそうに笑い、ミレイユの胸の先端を可愛がり続けた。

胸の先端から全身に快感が広がり、膝がガクガク震え出した。まずい。立っていられなくなりそうだ。

座っては駄目……もっと、こうしていたいもの……。

胸を可愛がられているうちに、花びらの間が切なくてムズムズする。

こちらにも、触れてほしい……。

我慢できなくなって足を動かしていると、アロイスがナイトドレスの上から秘部に触れてくる。

「あっ……」

「こちらも可愛がらせてくれ」

私が触ってほしいことに気が付いてくださったのかしら……だとしたら、恥ずかしいわ。

ミレイユは真っ赤な顔で、口元を押さえながら小さく頷いた。

アロイスはミレイユの足元にしゃがむと、ナイトドレスの裾を摑んだ。

「ミレイユ、裾をめくって、持っていてくれるか？」

「え？　す、裾を？」

それって……。

自ら恥ずかしい場所を見せることになると気付いたミレイユが戸惑っていると、アロイスがドロワーズ越しに花びらを撫でてくる。

「あぁっ！」

「そうだ。俺が裾を持っていては、こうして可愛がりにくいだろう？　だから、手伝ってほしいんだ」

「ぁ……で、でも、恥ずかしい……です」

「ふふ、そうか。恥ずかしいか」

アロイスは楽しそうに笑うと、ミレイユに裾を持たせた。

「あ……っ」

「離さずに持っていてくれ」

「は、はい……」

了承しながらも狼狽していると、ドロワーズを下ろされ、秘部が露わになった。

「……っ」

な、なんて恥ずかしいの……。

普通に脱がされて生まれたままの姿でするよりも、なぜか中途半端に衣類を身に着けている今の方がうんと恥ずかしく感じた。

長い指に花びらを開かれ、敏感な蕾を剝き出しにされる。その刺激だけでゾクゾクして、肌が粟立つ。

「赤くなって、舐めてほしそうに膨らんでいるな」

「や……そ、そんなところ、ご覧にならないでください……恥ずかしい……です」

「こんなに可愛いのだから、見ないというのは無理がある」

「そ、そんな……ひぁんっ！　あっ……あぁ……っ」

アロイスの舌が、花びらの間をねっとりとなぞった。

長く熱い舌が敏感な蕾を舐めしゃぶる。キャンディを溶かすように舐めていたかと思うと、時折強く吸われ、おかしくなりそうなほど強い快感が襲ってくる。

「ぁんっ！　や……んんっ……す、吸っては……だ……め……ひぅっ……ぁっ……あぁっ……あぁっ！」

「吸われるのが好きだと思っていたが、嫌か？」

濡れた敏感な蕾に、息がかかる。

「ぁ……んんっ……」

そのわずかな刺激が快感となって、ミレイユは膝を震わせた。

アロイスが少し意地悪な顔で笑っていることに、立っているのに必死なミレイユは気が付いていない。

「んん……っ……き、気持ち……よすぎて……だめ……なんです……」

真面目に答えるミレイユを見て、アロイスは頬を染める。

「ふふ、真面目に答えて可愛い……」

「え？」

「なんでもない。では、遠慮はいらないな」

「え……あっ……！　あぁ……っ……！」

アロイスは敏感な粒を吸い上げながら、舌でねっとりと舐め転がす。足元からゾクゾク何かがせり上がって来て、ミレイユはあっという間に達してしまった。

「も……だめ……」

ああ、もう、立っていられない。

ミレイユが膝から崩れ落ちそうになると、アロイスが支えてくれた。

「大丈夫か?」

「は、い……」

足に力が入らない。これでは、もう、先ほどのように立てそうにない。

「……っ……アロイス、ごめんなさい……私、力が抜けてしまって……もう、立っていられないです……」

では、ベッドに移動して?

そう考えると、涙がでそうなぐらい切なくなる。もう少しも待てそうにない。

「俺が支えるから大丈夫だ」

アロイスは立ち上がると、大きくなった自身を取り出し、ミレイユの左足を持ち上げて膣口に宛がった。

「あ……っ」

不安定な体勢なのに、アロイスがしっかり支えてくれているから怖くない。

「ミレイユ、入れていいか？」

アロイスの広い背中に手を回したミレイユは、瞳を潤ませて頷いた。

「はい……来てください……」

早くアロイスの欲望を埋めてほしくて、お尻を動かしてしまいそうだった。熱い欲望が、蜜で満たされた膣道をゆっくり押し広げていく。

「ン……ぁっ……あぁ……っ」

奥まで満たされると、あまりの快感に瞼の裏がチカチカ光ったみたいだった。

「達ったばかりだから、中が痙攣（けいれん）しているな……俺のを締め付けて……ああ、ミレイユ……すごく気持ちいい……」

「私も……気持ち……ぃ……っ……です……」

まだ動いてないのに、入れられただけで気持ちよすぎておかしくなりそうだった。

「動いても大丈夫そうか？」

ミレイユは息を乱しながら、小さく頷いた。

早く……早く、動いてほしい……。

急（せ）かすように、膣道がアロイスの欲望をギュウギュウに締め付ける。

「……っ……そんなに締め付けられると……長く持たなくなってしまうぞ？」

下から突き上げられると、おかしくなりそうなほどの快感が、次から次へと襲ってきた。

「あんっ！　は……んんっ……ぁっ……んっ……あぁっ……！　ぁんっ……あっ！　あぁっ！」

「ミレイユの中は気持ちよすぎて、何もかも忘れて、何日もずっとこうしていたくなる」

「あっ……あっ……私も……です……っ……ずっと……ずっとこうして……んっ……いたい……アロイス……あぁんっ……あっ……あっ……」

奥に当たるたびに大きな嬌声がこぼれる。熱い欲望に掻き出された蜜が垂れ、絨毯に染みを作っていた。

「ミレイユ……どんどん溢れてくる。ほら、この音……聞こえるか？」

アロイスが突き上げてくるたびに、グチュグチュ淫らな水音が響く。

な、なんて音……。

あまりにも大きな音で、ミレイユは恥ずかしさのあまり彼の耳を塞いでしまいたくなる。

「や……んんっ……だめ……アロイス……聞いては……だめ……あっ……あっ……あぁんっ！　あぁ……っ」

「ふふ、それは難しいな……こんなに感じてくれて、嬉しい……ああ……ミレイユ……愛している……」

愛している――。

アロイスはこれまで、何度もミレイユに言ってくれた。そのたびにミレイユは胸の中が

満たされ、泉のように心から幸せが溢れてくるのを感じる。

「ん……っ……私も……ぁんっ……あっ……あっ……愛して……んっ……ます……アロイス……愛し……ぁっ……てま……すっ」

喘ぎ声がせりあがってきて、どうしても上手く言えない。

ちゃんと、伝わっているかしら……。

アロイスの顔を見ると、嬉しそうに微笑んでいるので、伝わっているみたいだ。

自分が愛していると言ってもらえると幸せになるように、アロイスもそうであってほしいと強く思う。

激しく突き上げられているうちに、足元からまた何かがせり上がって来た。

「あっ……アロイス……私、また……」

「達きそうか？」

頷こうとしたその時、その何かは一気に頭の天辺まで突き抜けていき、ミレイユは快感の高みへと押し上げられた。

「あっ……あっ……あぁぁぁ……っ」

膣道が激しく収縮し、アロイスの欲望を根元から締め付ける。

「……っ……く……ミレイユ……達ってくれたのか？　すごい、締め付けだ……」

絶頂に痺れながらも、ミレイユは頭を縦に動かした。

「ああ……俺も……達きそうだ……」

「ん……っ……達ってくださ……い……アロイス……」

アロイスはミレイユの中をさらに激しく突き上げ、淫らな収縮を繰り返す膣道に、己の大きな情熱を刻んでいく。

「んっ……激し……っ……ぁっ……あぁっ……アロイス……気持ち……ぃっ……ぁんっ……あっ……あっ……」

「ミレイユ……もう……出る……」

アロイスが欲望を引き抜こうとしているのがわかり、ミレイユはアロイスにギュッと強く密着する。それと同時に、中も強く収縮した。

「待って……アロイス……出て行かないでください……」

「！　だが、中に出すと、子が……」

「もう……結婚式まで、間もなくです……だから……もう……」

アロイスが絶頂に達する時、自分の中からいなくなってしまうのが寂しかった。だから、出ていかないでほしい。

「……そうだな。俺もミレイユの中で果てたい……」

離れずに済むことが嬉しくて、ミレイユは自らアロイスの唇を奪った。

「ん……ふ……んんっ……んっ……んんっ……！」

唇を重ねながら、アロイスはミレイユの中を激しく突き上げ、やがて一番奥に情熱を放った。

アロイスの欲望が強く脈打ち、中にドクドクと子種を注がれている感覚がわかる。

ああ、アロイスが私の中で……。

「ミレイユの中で達けると……すごく、気持ちがよくて……幸せな気分になるな……」

「私も……んっ……とても幸せな気分です……」

「このままずっとミレイユの中に入っていたいぐらいだ」

私もずっとアロイスに入れていてほしい……。

そう思いながらも恥ずかしくて言えずにいると、アロイスに抱き上げられた。しかも入れたままだ。

アロイスはそのままベッドまで歩いて行くと、ミレイユを押し倒した。

「アロイス？　んぅ……っ」

アロイスはミレイユの唇を深く奪いながら、腰を動かし始める。数度動かしただけで、彼の欲望は硬さを取り戻した。

「ミレイユ、もう一度……いいか？」

ミレイユはもちろん頷き、アロイスにギュッと抱きつくことで返事とした。

ああ、なんて幸せなの――。

◆◇◆

翌朝、ミレイユはまだ薄暗いうちに目を覚ました。昨夜は寝室まで行けずに、アロイスとミレイユは、彼女の部屋で休んだ。

激しく愛し合ったので、まだ身体が怠(だる)くて眠っていたい。

でも、ミレイユには楽しみが待っている。

アロイスからの手紙が読みたい……！

アロイスを起こさないようにそっと身体を起こし、ベッドの下にあるナイトドレスを拾おうとしたその時、アロイスが後ろから抱きついてきた。

「！　アロイス、起こしてしまいましたか？」

「どこへ行くんだ？」

「アロイスからの手紙を読みたいなと思って」

「俺はまだ一緒に寝ていたい」

「あっ」

せっかく身体を起こしたのに、ミレイユは再びベッドの中に戻された。

「まだ暗いし、もう少しこうしていよう」

「でも、早く見たいんですもの」

初めて貰うアロイスの手紙、どんな内容なのだろう。

「俺もミレイユとこうしていたい。ミレイユは俺と離れたいのか？」

寝起きのかすれた声で尋ねられた。

アロイス、可愛い……。

胸がキュンとして、ミレイユはアロイスをギュッと抱きしめる。

「離れたいわけがありません。じゃあ、ここで読んでもいいですか？」

「……どうしても見たいのか？」

「はい、アロイス、お願いします」

目をキラキラ輝かせてお願いすると、アロイスが頬を染める。

「恥ずかしいが……ミレイユがそんなに見たいのなら」

「アロイス、ありがとうございますっ！」

ミレイユはベッドの下に落ちていたガウンを羽織ると、机の引き出しから手紙を取り出し、ペーパーナイフで丁寧に開封してからベッドに戻った。

その間にアロイスが、ランプに火を付けてくれる。

「お待たせしました」

「ああ」

アロイスは気恥ずかしいようで、頬を染めて目を逸らす。

「じゃあ、読みますね」

「ああ……」

手紙を読むのに、こんなワクワクするのは初めてだ。封筒から手紙を取り出し、そっと開く。

なんて書いてあるのかしら……。

『ミレイユへ

こうしてミレイユに手紙を書くのは、初めてだな。俺たちは婚約することになってから、ずっと一緒にいるから、やりとりする機会がなかったが、もし、俺たちが別の出会い方をしていたら、手紙を送り合っていたのかもしれないな。

俺たちが婚約してから大分経ったが、未だに信じられない。憧れのミレイユが、俺の婚約者になってくれただなんて……。

ミレイユ、俺の求婚を受け入れてくれただけでなく、俺を好きになってくれてありがとう。本当に夢のようだ。

俺は一生の運を使い果たしたに違いない。ミレイユが求婚を受け入れてくれた日から、今日まで俺は浮かれっぱなしなんだ。

ミレイユが来てくれる前までは、毎日がつまらなくて仕方がなかった。だが、今は違う。何をしていても楽しいし、目の前がキラキラ輝いて見える。

愛する人と一緒に過ごせるということは、こんなにも素晴らしいものなんだな。

ミレイユが傍に居てくれて、俺は初めて生まれてきてよかったと思っている。

少し前までの俺は、ジュール王子に毎日嫉妬していた。ミレイユのように素晴らしい女性が婚約者なのに、あんな酷い物言いをするなんて許せないと怒りに震えていた。

あまりに嫉妬しすぎて、ここだけの話だが、あいつを暗殺しようか考えていたんだ。わかっていると思うが、冗談ではなく、本気でだ。

実行しておけばよかったな。そうすれば、ミレイユともっと早くに婚約することができて、あの地獄から救うことができたかもしれない。

助けるのが遅くなって、本当にすまなかった。

ミレイユは俺を辛い日々から救ってくれたのに、俺はこんなにも遅くなってしまったことが、俺の人生で一番の後悔だ。

許してほしいだなんて都合のいいことは言わない。でも、これだけは約束させてほしい。

俺がミレイユのこれからの人生は、過去のことが思い出せなくなるほど幸せにする。

この約束は必ず果たす。だから、ずっと俺の隣に居てくれ。

ここまで書くのに、かなり時間がかかってしまった。今頃ミレイユが心配して待ってくれている頃だと思うから、そろそろ終わりにしようと思う。

また手紙を書く。たまにはミレイユからもくれたら嬉しい。

それでは、終わりにする。ミレイユ、愛している。

アロイス・ハインミュラー』

アロイスの情熱的な愛が綴られた手紙に、ミレイユは胸を熱くした。

両親からの手紙を見終わった後は、空しくて、悲しくて仕方がなかったのに、アロイスからの手紙を読み終わった後は、胸の中が幸せでいっぱいだ。

ああ、この気持ちをなんて表現したらいいのかしら……。

「アロイス、ありがとうございます。手紙を読んでこんなにも嬉しい気持ちになったことはありません」

「そうか、よかった」

感想を伝えても、ミレイユの溢れそうな気持ちは収まらない。

「アロイス、大好きですっ！」

ミレイユはアロイスに抱きつき、その形のいい唇を奪った。

「んっ！　ミレイユ……」

「私もアロイスを幸せにするとお約束します。ですから、ずっと隣に居させてくださいね」

手紙の返事で書こうと思ったが、もう今すぐ伝えたくて我慢できなかった。

「大好きです。アロイス」

ちゅ、ちゅ、と何度も唇を奪っていると、アロイスに押し倒され、今度は反対に彼から唇を奪われた。

「ん……っ……んんっ……」

その口付けはすぐに深くなり、ガウンの紐を解かれ、昨日の情事の余韻が残る胸に触れられた。

「あ……っ……アロイス？」

「そんな可愛いことをされたら、また愛したくなってしまった。ミレイユ、責任を取ってくれるな？」

その問いかけに、ミレイユは彼の背中に手を回すことで答えた。

空が明るくなっていく中、二人はお互いの深い愛を確かめ合ったのだった。

エピローグ　一人ぼっちじゃない

ミレイユがアロイスと結婚し、六年が経った。

「お母様、お帰りなさーいっ！」

教会の慈善活動から帰ってきたミレイユが馬車から降りると、三人の子供たちが出迎えた。

第一子は男児で今年五歳になるユリウス、第二子は女児でコルネリア、ユリウスとコルネリアは双子だったので同じ歳だ。

二人ともミレイユ譲りの金色の髪に、アロイスと同じ赤い瞳をしている。顔立ちはアロイスに近い。

第三子は女児のナターリエ、今年三歳になった。髪の色はアロイス譲りの銀色で、瞳の色はミレイユと同じアメジスト色だ。

「ただいま。お出迎えしてくれたのね。ありがとう」

ミレイユは三人を一度にギュッと抱きしめた。

「お母様、教会の子たちはどうだった？」

「みんな元気そうだったわ」

「足を怪我（けが）したって言ってたあの子は？」

「もう治って走っていたから大丈夫よ」

「持って行った毛布は喜んでくれた？」

「ええ、とても」

ミレイユはアロイスと結婚して王妃となり、三人の子供に恵まれた。彼女は国民たちや臣下からの人気が高い。

信頼を得ることができたキッカケは、流行り病の薬草の生息地を伝えたことだ。薬の名前は研究に当たっていた医師たちの希望で『ミレイユ』と名付けられた。今では予防薬も作られ、病にかかる者はほとんどいない。

そして慈善活動や貧困に苦しむ子供達でも通える学校設立に力を入れていることも、国民たちから多くの支持を得ている。

「僕も早く慈善活動がしてみたいな」

「私も」

「わたしもぉ」

子供たちもミレイユの影響で、慈善活動に興味を持っていた。

「もう少し大きくなってからね」

「はぁい」

「ねえ、お母様、抱っこっ！」

「あ、ナタ－リエばっかりずるい！　お母様、私も」

「僕もっ！　僕もっ！」

「ふふ、順番よ」

両親から愛情を与えられなかったミレイユは、子供たちをしっかり育てられるか不安だった。

子供たちに、私と同じ思いをさせたら……。

不安のあまり何度もアロイスに相談したが、彼は自分も愛情を与えられなかったが、ミレイユと一緒なら大丈夫だと思うと言ってくれた。

そして二人だけで悩まず、周りの者を頼ろうと決め、二人は乳母や他の者に助言を求めながら今日まで三人を育ててきた。

親になったからこそ、自分の両親の気持ちが理解できない。

子供はこんなにも愛おしい。それなのに、どうして自分にあんなにも冷たくできたのだろう。

私にはとても無理だわ……。

「お母様？」

三人の子供たちが心配そうに顔を覗かれ、ミレイユはハッとして笑顔を作る。

「なぁに？」

「悲しそうなお顔をしているわ」

「何かあったの？」

「お母様、大丈夫？」

ああ、なんて優しい子たちだろう。

胸の中から、温かい何かが泉のように湧き上がってくる。

「大丈夫よ。お母様は、ユリウスとコルネリアとナターリエがこんなにも優しくて幸せなの。悲しいことなんて何一つないわ」

この子たちには、私やアロイスのように悲しい思いなんてさせない。絶対に幸せにして、生まれてきてよかったと思ってもらいたい。

「ところであなたたち、お出迎えしてくれたのは嬉しいけれど、今はお勉強の時間のはずよね？」

三人がギクリとするのを見て、抜け出してきたのだと悟る。

「もう、抜け出すなんて駄目よ。お勉強は大切なんだから、しっかりしないとね」

「はぁい……」

三人に言い聞かせていると、愛おしい人が目の前から歩いてきた。

「すまない。俺も政務を途中で抜け出してきてしまった」

「アロイス！」

アロイスはミレイユを抱きしめると、頬にキスをする。

「ミレイユ、お帰り」

「ただいま戻りました」

「あーっ！　ずるい！　お父様、僕もっ」

「私にもキスしてっ！」

「私も抱っこ！」

足元で飛ぶ子供たちを見て、アロイスは嬉しそうに微笑む。

「わかった、わかった。順番だ。お前たちも抜け出してきたのか？　親子揃って駄目だな」

「えへへ」

「お揃いねっ！」

「ねえ、早くキスしてーっ」

アロイスは年の順に、抱きしめ、頬にキスをする。その幸せな光景を見ていると、ミレイユは胸がいっぱいになり、幸せのあまり涙が出そうになった。

「お母様も帰ってきたし、全員抜け出してきたんだ。せっかくだし、お茶にしようか」

アロイスの提案に、子供たちが「わあ！」と嬉しそうに声を上げた。

「ミレイユ、いいだろう?」

ミレイユはもちろん頷いた。

「ええ、もちろんです」

子供たちと手を繋ぎ、ミレイユとアロイスは歩き出す。


一人ぼっちだった二人は、出会って一人ぼっちじゃなくなり、いつの間にかたくさんの愛する者に囲まれていた。

二人の未来はさらにたくさんの愛する者たちが増え、時には辛いことがあっても、愛する人たちと共に乗り越え、幸せな時間を歩んでいくのだった。

番外編

あなたを癒したい。

アロイスと結婚式を目前に控えているミレイユは、とても気になることがあった。

それは、アロイスがちっとも休息を取っていないということだ。

挙式もあり、新婚旅行も控えている中、この前の大雨であちこちが氾濫してしまう災害が起きたため、アロイスは朝早くから遅くまで政務に追われている。

相当疲れているはずなのに、彼はミレイユへの気遣いを忘れない。彼女の喜びそうな贈り物を選び、夜は甘い時間を過ごさせてくれる。

それはとても嬉しいが、自分のことは気にせずに、少しでも休んでほしかった。

私に何かできることはないかしら……。

「カルラ、質問してもいい？」

「ええ、もちろんです。なんでしょうか」

色々考えてみたが、睡眠以外思い浮かばなかったミレイユは、入浴を手伝ってくれたカルラに尋ねてみることにした。

「最近、アロイスが疲れていらっしゃるみたいなの。少しでもお疲れを癒して差し上げたいのだけど、カルラはラング伯爵が疲れている時、どうしているの？」

カルラはラング伯爵と婚約を結んでいて、来年結婚する予定だ。気遣いに長けている彼女からなら、きっと参考になる話が聞けることだろう。

「そうですね。私はマッサージをして差し上げます」

「マッサージ？」

「ええ、喜んでいただけますよ。そのまま眠ってしまうこともありまして、目が覚めた時には普通に眠るよりも疲れが取れると仰っています。アロイス様は、他人に触れられるのが苦手だと仰って、使用人たちからのマッサージは断っていますが、ミレイユ様ならお断りなどしないはずですし、きっとお気に召していただけるのではないかと」

「え、アロイスは、触れられるのが好きじゃないの？」

「はい、そうだとお聞きしております。入浴のお手伝いも、お着換えなどを用意するだけで、お身体に触れることは許されていないそうです」

「そうだったのね」

ミレイユから抱きついたり、触れたりする時は、嫌がるどころか喜んでいた。

自分だけ特別に許してもらえていると思ったら、嬉しくてにやけてしまいそうになる。

「教えてくれてありがとう。早速試してみるわ」

「ええ、ぜひ」

カルラに頼んでマッサージの本を持ってきてもらい、夫婦の寝室に移って、アロイスの政務が終わるのを待つ間にベッドの上で読み込んでいく。

いつもは自室で待っていると迎えに来てくれるのだが、遅くなるから先に寝ていてほしいと言われているため、先に寝室にいる。

しかし、ミレイユが先に眠ることはない。休む前に絶対彼に会いたいのだ。

枕を使って練習をしていると、日付を越えたあたりでアロイスがやってきた。

「アロイス、ご政務お疲れ様です」

「待っていてくれたのか。いつもありがとう。嬉しいが、眠ってくれていいんだぞ？」

「アロイスが頑張っていらっしゃるのに、私だけ眠るなんてできません。それに、眠る前にはアロイスのお顔を見たいので」

「ありがとう」

ギュッと抱きしめられると、アロイスと石鹸（せっけん）のいい香りがする。

ああ、いい香り……。

大好きな香りを嗅ぐと、キュンとしていかがわしい気持ちになってしまう。

な、何を考えているのかしら……。

アロイスと結ばれるまではこんな風になることはなかったのに、淫らな身体に作り変えられてしまったみたいだ。

しかも、しばらくしていないというわけでもないどころか、昨日も愛し合ったばかりだった。

アロイスは疲れているのよ。そういうことも、しばらくは控えた方がいいんじゃないかしら。すごい運動量だもの。

「こうしていると、疲れが吹き飛ぶ」

唇を吸い合っていると、アロイスが意味深な手付きで背中を撫でてくる。

「ん……っ」

あ、駄目……このままだと、また愛し合うことになって、アロイスを疲れさせてしまうわ。

このまま身を委ねたくなる気持ちを堪え、ミレイユはアロイスから身体を離す。

「ミレイユ？」

「実は今日、やりたいことがあるんです」

「やりたいこと？」

「はい、今日は私、アロイスにマッサージをしたいんです」

「マッサージ？　俺に？」

「はい、お疲れのアロイスを癒して差し上げたくて。させていただけませんか？」

アロイスが目を丸くする。そして傍らに置いてあるマッサージの本を見て、そっと唇を綻ばせた。

「ありがとう。ミレイユも疲れているんだから、俺に気を使わなくて大丈夫だ」

「気を使っているわけではありません。私がアロイスに何かしたいんです。カルラから人に触れられるのは苦手だと聞きました。私でも駄目ですか？」

ミレイユが上目遣いに尋ねる。計算してではなく、自然とだ。そしてアロイスはその顔に弱い。

「可愛い……」

「え？」

「なんでもない。つい心の声が漏れた。他人に触れられるのは苦手だが、ミレイユに触れられるのは嬉しい」

「じゃあ、マッサージさせていただけますか？」

「ああ、お願いしてもいいか？」

「はい、ぜひ！　ガウンを脱いで、うつ伏せになって寝そべっていただけますか？」

「わかった」

アロイスにうつ伏せになってもらい、ミレイユは隣に座った。

アロイスの背中……。

真正面と比べて、背中を見ることはなかなかないから新鮮だ。とても広くて、シャツを着ていても逞しいことがわかる。

「ミレイユ？」

「あっ！」

つい見惚れてしまったわ……！

「ごめんなさい。上半身からマッサージしていきますね。力を抜いていてください」

肩を揉み始めると、その硬さに驚く。

これが凝っているっていうのかしら？　……ううん、筋肉？

「アロイスの肩、すごく硬いです」

「そうか？」

全然指が入っていかない。枕を揉むのとは全然違う。

しっかり、頑張らなくては……！

マッサージは揉むだけでなく、撫でるのもいいらしい。撫でたり、揉んだりするが、肩は硬いままだ。

解れてくると柔らかくなると書いてあったけれど、最初と変わっていない気がするわ。

私の実力が足りないのかしら。

「気持ちいい……」

「えっ！　本当ですか？」

「ああ、すごく。ミレイユはマッサージが上手だな。経験があるのか？」

「いいえ、今日が初めてです。本を参考にしただけで実践がないので、勝手がわからなくて……もっと上手くできたらよかったんですが……」

「いや、すごく上手だと思う。ミレイユは器用なんだな」

褒めて頂いたわ……！

「ありがとうございます。嬉しいです」

愛する人に褒められ、ミレイユは気持ちを昂らせる。

マッサージしすぎると、かえって痛みが出ることがあるらしい。肩はこれぐらいにして、背中に手を滑らせる。

すごい筋肉……！

抱きつく時に背中に手を回したことはあるが、こうして後ろから見て触れるのは初めてだ。

「ん……っ……硬い……」

「……」

こちらも肩と同じく、指が入らない。

しっかり揉み解さないとね！

真剣にマッサージしているうちに、暑くなってきた。ミレイユはガウンを脱いで、再びアロイスの背中に触れる。

そうだわ。体重をかければ、もっと力が入るかもしれない。

「アロイス、マッサージしやすいように、跨ってもいいですか？」

「え？　あ、ああ、ミレイユの好きなようにしてくれ」

「ありがとうございます」

膝で立ち、アロイスに体重がかからないように跨った。背中に手を当てて体重をかけると、先ほどよりも力が入る。

これはいいわ！

「んっ……んっ……」

「……」

「アロイス、いかがですか？　先ほどより力が入っていると思うのですが、痛くないですか？」

「あ、ああ、大丈夫だ。気持ちいい」

「そうですか。よかったです」

我ながらいい方法を見つけられたと、ミレイユは心の中で自画自賛した。

「ん……っ……ん……」

背中に集中してマッサージを続けていると、なんだか視線を感じる。顔を上げると、振り返っていたアロイスと目が合った。

「あ、痛かったですか？」

「いや、気持ちいいんだが……うつ伏せがそろそろ限界になってきた」

「あっ！　苦しかったですか？　ごめんなさい」

「いや、一部分だけだ」

「一部分？」

どこのことかしら。

「いや、なんでもない」

ミレイユが首を傾げていると、顔を赤くしたアロイスが起き上がった。

「アロイス、お顔が赤いです！　相当苦しかったですか？」

「いや、これはそういうのではなくて……むしろ、嬉しい悲鳴というか、生殺しというか、なんというか……」

「？」

いまいち理解できないでいると、アロイスが気恥ずかしそうに頭をかく。

「気持ちよかった。ありがとう。そろそろ寝よう」

アロイスはミレイユを抱き寄せ、二人の身体にブランケットを被せた。

もしかして、力が強すぎて痛かったのだろうか。身体が押し込まれた弾みに、シーツに擦れて傷がついてしまったのかもしれない。

優しいアロイスのことだ。それを言い出せないに違いない。

「灯りを消すぞ」

「待ってください！　アロイス、ごめんなさい！　怪我をさせてしまいましたか⁉　見せてください！」

「！」

座り直してブランケットをめくり、アロイスの身体を確認する。すると、一つだけ異変を発見した。

「えっ」

アロイスの欲望が立ちあがり、下履きを押し上げていたのだった。

大きくなってる……！　ど、どうして？

「アロイス、あの……」

「ミレイユが真面目にマッサージしてくれているから、言い出せなかったんだが……欲情した」

「ただ、マッサージしていただけなのにですか⁉」

「力をこめる時の声が、俺に愛撫されている時の声みたいだったのと、撫で方が……その、そのように股間を撫でられたら……と想像してしまったのと、後ろを振り向いたら、頬が赤くて、胸が揺れていてだな。それで、欲情した……」

私、そんな淫らな声を……!?

夢中になっていたから、変な声を出していたことも、胸が揺れていたことも、アロイスに見られていたことも全く気付いていなかった。

恥ずかしいと思うと共に、アロイスに欲情してもらえたのが嬉しく思う。

「すまない」

「あ、謝らないでくださいっ！　ちょっと恥ずかしいですが、私にそういう気持ちを持っていただけて嬉しいんです」

「そうか」

アロイスは少し照れながらも、ミレイユの唇を奪った。

「ん……んん……」

深くなる口付けに、ミレイユの秘部は潤みだす。

押し倒されそうになったミレイユは、このまま身を任せたいと思いながらも、それではアロイスをまた疲れさせてしまうと彼の身体を押し返した。

「ミレイユ?」

「アロイス……駄目です」

「今日はそういう気分になれないか?」

悲しそうに尋ねられ、ミレイユは首を左右に振った。

ものすごくそういう気分だ。でも、いけない。

「いいえ……っ！　そんなことありません。でも、アロイスには休息が必要だと思うんです。今日愛し合っては、疲れてしまいます」

「気遣ってくれてありがとう。でも、大丈夫だ」

お疲れなのに、自覚がないのかもしれないわ。

「ですが……」

「このままだと眠れない。ミレイユが嫌じゃないなら頼む」

アロイスの欲望は、大きくなったままだ。

男の人の感覚はわからないけれど、確かにこのままだとお辛そう。

ミレイユはある考えを思いつき、ドキドキする心臓をナイトドレスの上から押さえる。

コルチカム国の花嫁修業で、男性が疲れていてもしたい時、女性からする方法を履修済みだ。

教科書での知識しかないけれど、上手くできるかしら……。

コルチカム国の夫婦の営みとして一般的な方法だが、カランコエ国ではどうなのだろう。

まさか、今日実践する機会が訪れるとは思っていなかったので、混乱で頭が上手く回らない。そして教科書の内容も一部吹き飛んだ。

「ミレイユ？」

アロイスに声をかけられたことで、ミレイユはもう考えていられないと実践することにした。

えぇっと……そ、そうだわ。アロイスを押し倒さないと！

彼を組み敷こうとして体重をかけたが、鍛えられた身体はビクともしない。

嘘！　押し倒せないわ……！

「ミレイユ、どうした？」

抱きついてこようとしたと勘違いされ、アロイスに抱きしめられる。

「アロイス……あの、今日は……」

「やはり駄目か？」

「いえっ！　あの、ですね……仰向(あおむ)けに寝そべってください……っ！」

「ん？　わ、わかった」

あまりのミレイユの気迫に押され、アロイスは素直に寝そべった。

これでいいわ……！

ミレイユは拙い動きで、アロイスのシャツのボタンを外していく。

「ミ、ミレイユ？」

「アロイス、今日は……その、わ、私に愛させてください……！」

「…………ミレイユから!?」

アロイスが目を見開いた。

「はい、上手くできるかはわかりませんが……あの、アロイスが嫌じゃなければ、ぜひ」

「嫌なわけがない……が」

「な、何か問題が、ありますか？」

はしたないと思われていないか心配になっていると、アロイスが頬を赤らめて口元を覆う。

「興奮しすぎて、どうにかなってしまいそうだ」

「えっ」

喜んでくださってる……⁉

不安は消え、ミレイユの中にはドキドキだけが残ったのだった。

◆◇◆

憧れの女性が婚約者となり、結婚目前という人生の運をすべて使い果たしたと言っても過言ではない。

「アロイスはお疲れですから、動かないでくださいね？　今日は私が全部しますから」

しかし、アロイスには運がまだ残っているらしい。

愛おしい女性が、なんと自分から愛してくれると言うのだ。

「ああ、楽しみだ」

ミレイユの顔は真っ赤だ。とても恥ずかしいのを我慢してくれているのだろう。

なんて愛おしいんだ……。

ミレイユが胸元のリボンを解くのを見て、心臓が大きく跳ね上がる。

ものすごい光景だ。ミレイユが自ら脱ぐところを見せてくれている……！

指先が震えている。緊張しているのだろう。

可愛いにもほどがある……。

リボンが解けると、深い谷間が見えた。

目と記憶に焼き付けようと凝視していたら、アロイスの視線に気が付いたミレイユがさらに頬を赤くする。

「あ、あの、あまり見ないでいただけると……」

「ミレイユが自ら脱いでくれているんだ。こんな貴重な姿を見逃すわけにはいかない。記憶に焼き付けないと」

「そ、そんな風に仰られたら、余計に脱ぐのが恥ずかしくなりますっ」

「ふふ」

アロイスが楽しそうに笑う中、ミレイユはゆっくりとボタンを外していく。

ミレイユはそんなつもりまったくないだろうが、焦らされているような気分で、その時間がとても楽しかった。

下履きを持ち上げている欲望は、もう痛いぐらいに硬くなっていた。

ナイトドレスが雪のように白い肌を滑り、豊かな胸が露わになった。

肌は興奮で少し赤く染まり、胸の先端はまだ弄っていないのにもかかわらずツンと尖っている。

「ああ、なんて綺麗なんだろう……」

その美しさは、神の作り出した芸術作品のようだ。

ミレイユの裸は何度も見ているが、毎回その美しさに感動してしまう。

「そ、そんなこと……」

「いや、そんなことある」

アロイスに断言され、ミレイユは居たたまれない様子で何も言うことができない。

とうとうドロワーズに手がかかる。彼女が手を動かすたびに、豊かな胸がたゆんと揺れて、触れたい衝動に駆られる。

「あ……っ！　アロイス、駄目です。今日は私がすべてするんですから」

ミレイユに言われて、初めて手を伸ばしていたことに気付く。

「あ、ああ……」

触りたい……。

とうとうミレイユは、ドロワーズも脱いで生まれたままの姿になった。彼女の美しさは、女神も敵わない。

「し、失礼します……ね」

目が離せずにいると、ミレイユがアロイスのシャツのボタンを外し始めた。脱がせてくれるようだ。

ミレイユが近付いてくると、いい香りがする。石鹸と彼女の甘い香りが混じり合ったこの匂いがアロイスは大好きだった。

ああ、なんていい香りだろう……。

指を動かすたびに、また胸が揺れている。

こんなの触るなと言う方が無理だ。アロイスは胸に手を伸ばし、その柔らかな感触を楽しみ始める。

「ぁんっ！　アロイス、駄目です」

「我慢できない。許してくれ」

豊かな胸は、アロイスの大きな手でも収まりきらない。指の間から食み出て、触り心地がとてもいい。

ずっと、こうしていたい……。

「ん……っ……ぁ……アロイス……」

尖った先端を手の平で撫でると、一際甘い声を出すのが愛おしい。

乳首を舐めたい……でも、ミレイユから触れてもらえる絶好の機会を逃すわけにはいかない。

アロイスがそんな葛藤を繰り返している中、ミレイユは快感に耐えながら、一生懸命彼の服を脱がせていく。

ようやくシャツを脱がせることができたミレイユは、アロイスの胸の突起に触れた。

着替える時に服が当たっても、入浴時に指が当たっても何も感じなかったので、自分は乳首が性感帯ではないのだろうと思っていた。

しかし、ミレイユに触れられると妙にくすぐったくて、それが気持ちよく感じる。

「ん……っ」

「アロイス、どうですか？」

「くすぐった……いな……っ……く」

「私も最初くすぐったかったんです。続けていたら、気持ちよくなれるかもしれません」

油断すると、変な声が出そうだった。手の甲を当て、唇を押さえる。その様子を見たミレイユは、嬉しそうに口元を綻ばせた。

ミレイユは指で弄ったり、小さな舌で舐めたりする。チュッと吸われると、腰から下半身にゾクゾクッと痺れが走った。

これは、まずい……これ以上は、なんだか開けてはいけない扉を開けようとしている気がする。

やめてほしいと言いたかったが、口を開けば情けない声が漏れてしまいそうな気がして、ミレイユのされるがままになっていた。

こ、堪えろ……俺……！

胸の先端は根元から尖りきり、欲望からは先走りが漏れて下穿きに滲んでいた。

「あっ」

そのことに気が付いたミレイユが、下穿きに手をかけた。

ああ、ミレイユの手が……。

「ごめんなさい。私ったらすっかりお胸に夢中で……ずっとこのままなんて、お辛いですよね」

どうやら乳首を弄られて滲んだのではなく、焦らされた状態だったからそうなったと思ってくれたようだ。

危なかった……。

ミレイユに弄られた胸の先端は、もっと触れてほしいと主張するようにジンジン痺れて熱を持っている。

「苦しいですよね……今、出して差し上げます」

下穿きをゆっくりずらすと、大きな欲望がブルンと飛び出した。

「きゃっ！」

あまりの勢いに驚いたミレイユは、大きな目を丸くする。

性器を見られることを恥ずかしいと思う気持ちよりも、ミレイユの反応が可愛いと思う方が勝つ。

「どうした？」

「な、なんでもありません……」

からかいたい衝動に駆られたその時、ミレイユから唇を奪われた。

「ん……」

柔らかな唇や小さな舌の感触を堪能していると、ミレイユの小さな手が硬く反り起った欲望に触れた。

「……っ……ン……！」

ミレイユが、俺のを……!?

たどたどしい手付きで先端を撫でられ、ゾクゾク肌が粟立つ。

「アロイス……どうですか？　気持ちいい……ですか？」

「あ、ああ……気持ちいい……が……んっ……ミレイユ……どこで、こんなことを覚えたんだ……？」

「コルチカム国の授業で……知識はあっても経験はないので、上手くできているか不安で……あの、模型でなら練習したことはあるんですが……」

ミレイユに触られた模型が、羨ましい。

「今さらですが、カランコエ国では、女性から……というのは、はしたないことでしょうか？」

ミレイユは欲望を上下にゆっくり扱きながら、尋ねてくる。手が動くたびに、豊かな胸がタプタプ揺れた。

物理的な快感と、愛しい人に触れられているという脳的興奮で、アロイスは頭の中が真っ白になりそうだった。

「……っ……カランコエ……では、男からするのが……一般的で……ん……くっ……女性から……というのは、あまりないはず……だが」

「そ、そうなんですか？」

ミレイユが瞳を潤ませ、手を引っ込めようとする。はしたないと気にしているのだろう。

アロイスはその手を摑み、離れていかないようにした。

「！　アロイス……」

「でも、俺たちは俺たちの形でいいと思うんだ。俺はミレイユをはしたないなんて思わないし、そもそも前にも言ったが、はしたないことは大歓迎なんだ。だから、やめないでほしい」

アロイスはミレイユの腰を抱き寄せ、耳に唇を寄せる。

「アリス、ありがとうございます。えっと、わかりました。じゃあ、続けますね」

ミレイユが欲望を扱いている間、アロイスは薄い恥毛の先にある花びらの間に指を入れた。

「あっ！　アロイス、だめ……っ……ひゃんっ」

花びらの間は潤んでいて、指を動かすとくちゅっと淫らな水音が聞こえる
「濡れているな？」

「い……言わないでください……」

「俺のを弄って濡れてくれたのか？　それとも乳首を弄られて？」

意地悪な質問をすると、ミレイユが恥ずかしそうに潤んだ瞳でアロイスを見つめた。

ああ……ゾクゾクする。

花びらの間を探ると、敏感な蕾に辿り着いた。もうプクリと硬くなっていて、指先で弄るとミレイユが甘い声を上げる。

「あぁんっ……アロイス、だめです……そこ、触っちゃ……ぁっ……や……んんっ……ぁんっ……だめ……っ……今日は、私がするって……んっ……言ったのに……」

「すまない……どうしても、俺もミレイユを触りたい……」

ミレイユは大きな快感に震えながらも手はとめず、アロイスの欲望を扱き続けた。欲望はガチガチに硬くなり、今にも快感の頂点に達しそうだった。

「ミレイユ……ミレイユの中に入りたい。二人で気持ちよくなりたいんだ」

「ん……っ……私も……んんっ……です……アロイス……」

ミレイユは欲望から手を放すと、アロイスの上に跨った。

アロイスから乗ってくれるように言うことがあったけれど、ミレイユ自ら乗ってくれるのは初めてだ。

「ん……っ……」

ミレイユは欲望を掴むと、自らの膣口に宛がった。もうこれだけで、気持ちよくて堪らない。

でも、この先にはさらなる快感が待ち受けている。

なんて俺は、幸せ者なのだろう……。

「……っ……ミレイユからこうしてくれるなんて、夢みたいだ」

「喜んで……いただけて嬉しいです。アロイスが喜んでくださるなら、私はいつでも……なんでもします……」

自分の欲望を咥え込んだミレイユの神秘的なアメジストの瞳は潤み、白い肌は興奮で紅潮している。

ミレイユのあまりにも艶やかな姿に、アロイスは生唾を呑み、喉がごくりと鳴った。

愛しい人が、自分のために一生懸命に尽くしてくれている――。

これ以上ない幸せを感じ、アロイスは胸の中が熱いもので満たされていくのを感じた。

ミレイユはゆっくりと腰を落とし、大きな欲望を自分の中に収めていく。

快感で膝はガクガク震え、最後の方は力が抜けてしまい、座り込むことで奥まで受け入れた。

「ひぁん……っ！」

入り口は狭く、中は温かくて蜜でトロトロだ。興奮で膨らんだ膣肉が、はち切れんばかりに張りつめた欲望を包み込む。

「ミレイユ……気持ちいい……」

「私……も……です……アロイス……ご、ごめんなさい……少し、待っていただけますか……？　ち、力が抜けてしまって……動けそうになくて……」

「ああ、大丈夫だ。ちゃんと待てる」

あまりにも気持ちよくて下から突き上げたい衝動に駆られたが、ミレイユが自分で動くのが見たい。

想像しただけで、興奮しすぎて射精してしまいそうだ。

待っている間、ミレイユに触れたくなったが、その欲求を我慢して彼女の姿を観察することにした。

いや、正直に言うと我慢ができなくて、臀部（でんぶ）には触っていた。

ミレイユのお尻は、柔らかくて、張りがあって、許されることなら一日中撫でまわしていたくなるような感触だ。

快感に抗うミレイユの姿は、あまりにも刺激的だった。

潤んだ瞳からは今にも涙が落ちそうで、悩まし気な吐息をこぼす唇は誘うように開いていて、今にも奪い、舌をねじ込みたくなる。

「お、お待たせ……しました……う、ごき……ますね……」

ミレイユが動き始めるが、少し動くと長く止まり、また少し動くことを繰り返す。

「く……っ」

動くたびに中が強く締まり、そのたびに達きそうになるのを必死で堪えた。

焦らされているような気分だ。だが、それがいい。

ガンガン突き上げてひたすらに快感を貪るのもいいが、こうしてじれったい刺激も堪らない。

ミレイユが必死に腰を振ってくれているのだ。自分で動くよりもうんと気持ちいいに決まっている。

「アロイス……ん……っ……ご、ごめんなさい……私、もう……気持ちよすぎて……動けません……」

心のど真ん中を撃ち抜かれた。

可愛すぎる……！

俺のを入れて、気持ちよすぎて動けない!? なんたる可愛さ……！

「大丈夫だ。俺が動くから」

アロイスは下から激しく突き上げた。グチュッグチュッと淫らな水音、ベッドの軋む音、そしてミレイユの甘い声が寝室に響く。

「ぁん……っ……疲れて……いるのに……ごめんなさ……っ……あぁっ！ ぁんっ！ や……んんっ……」

「疲れてなんていないから大丈夫だ。ミレイユとこうしていると、疲れが吹き飛ぶ……戦争で一晩中戦った後も、こうして愛し合える自信がある」

「ぁっ……ぁっ……や……っ……激し……っ……ぁんっ……あぁっ！ アロイス……気持ちよすぎ……てっ……おかしくなっちゃ……あぁんっ！」

「ああ……俺もだ。一緒におかしくなろう……ミレイユ……」

ミレイユの中がヒクヒク収縮を繰り返し始めた。絶頂が近いとわかり、アロイスは彼女の良い場所に当たるように激しく突き上げ続ける。

「ひぁ……っ……ぁ……っ……アロイス……も、もう……私……あっ……あっ……あぁぁぁ……っ！」

ミレイユは甘い嬌声を上げ、絶頂に達した。膣道が激しい収縮を繰り返し、アロイスの欲望を強く締め付ける。

さきほどから果てそうなのを必死で我慢していたアロイスは、もう限界が目と鼻の先にあった。

「……っ……俺も……もう……出る……」

アロイスはさらに激しく突き上げると、最奥に情熱を放った。

「ん……いっぱい……出てます……」

「ああ……気持ちよかった。ミレイユ、ありがとう」

「私も……とても気持ちよかったです……」

二人は身体を繋げたまま、ちゅ、ちゅ、と口付けを交わす。

「ミレイユのおかげで、明日からも頑張れそうだ」

「でも、私、ちゃんとできなくて……」

「そんなことない。すごく癒された。ありがとう。すごく疲れた時は、こうしてまた癒してもらえないだろうか」

ミレイユが目を丸くする。

しまった。調子に乗りすぎたか？　と思いきや、次の瞬間ミレイユは嬉しそうに笑ってくれた。

「はい、もちろんですっ！」

ああ、なんて幸せなんだろう……。

わざと忙しくして、疲れた顔をしてみようか――と悪巧みをしてしまうアロイスだった。

あとがき

皆さん、こんにちは！　七福さゆりです。「虐げられ令嬢は完璧王子に愛されて幸せを掴む～婚約破棄からの逆転花嫁～」をお手に取っていただき、ありがとうございました。楽しんでいただけたでしょうか？

ヴァニラ文庫様にお邪魔させていただくのはかなり久しぶりで、五年ぶりぐらいでしょうか！　以前発売していただいた既刊三冊も自信作ですので、もしよければ、どうかよろしくお願い致します！

今回のイラストをご担当してくださったのは、Ｃｉｅｌ先生です。以前からいつかご一緒したい！　いつか……いつか……！　と思っていたので、今回ご一緒できて、とても嬉しいです。Ｃｉｅｌ先生、美しいイラストをありがとうございました！

今回は婚約破棄ものというジャンルに挑戦しました。何度か書いている題材なのですが、同じ題材で違うキャラ、違う人生を書いていくというのは、とても難しい作業であり、そして楽しくもあります。

今回も楽しく書くことができて、筆がかなり乗りましたのでいつもより早く書き上げることができました。

個人的に書いていて一番楽しかったのは、性格の悪すぎる妹ミシェルと、アロイスの父グンテルです。

ミシェルのような嫌な意味で個性の強いキャラを書くのと、悲しい過去のあるキャラを書くのが好きです（笑）

本編中では特に触れていませんが、グンテルはミレイユとアロイスが結婚して半年ほどしてから亡くなっています。今頃、天国で妻と再会して、アロイスへの仕打ちについてたらふく怒られていることでしょう。

生かしたグンテルを出し、孫の可愛さにやられて孫馬鹿にする展開も考えてみましたが、さすがにアロイスが可哀相すぎるのでやめました……！

ミシェルの方は美貌が回復することもなく、辛い人生を送ります。身体が弱い子ですが、体調を崩しても回復することを繰り返し、過酷な環境下でも死ねずに長生きし、幸せなミレイユの噂話を耳にするたびに大荒れすることを繰り返しています。

ミレイユとアロイスは本編中に出てきた三人の子供の他、さらに二人の子供に恵まれ、たくさんの孫たちに囲まれ、幸せな生涯を送ります。

ミレイユとアロイスが手紙を送り合っていましたが、それは生涯続きます。

それにずっと憧れていた孫娘が、求婚してきた相手に、生涯手紙を送ってくれるのなら、お受けしますと返すエピソードも考えたり。

ちなみに二人の娘のコルネリアは、ミレイユの母国の国王アベルと結婚します。（少し歳の差カップルですね）

本編中で不遇の扱いを受けていたアベルですが、決して捻くれることはなく、優しい心のまま育ち、素晴らしい国王となりました。

ちなみに、コルネリアからの猛アタックでの恋愛結婚です。

愛情をたっぷり受けて育ったコルネリアからの好き好き攻撃を受け、長年虐げられ続けて悲しみでいっぱいだったアベルも彼女を愛するようになり、こちらも幸せな生涯を送ります。

裏話はこんな感じです。よかったら想像して、お楽しみいただけましたら幸いです！

本編中にアロイスが牡蠣が好きだと言っていましたが、私も牡蠣が大好物でして……！特に生牡蠣が大好きです！

今のところの人生、あたったことは一度もないのですが、あたりやすいって聞くので、食べる時ドキドキしてます！　でも、ついつい食べすぎてしまうんですよね……牡蠣って一日どれくらい食べていいものなんでしょうか。

近年はあたらない牡蠣の養殖にも成功しているそうですよね。機会があったらぜひぜひ食べてみたいです！　絶対当たらないのなら、お腹いっぱい食べてみたいです！

……ということで、あっという間に埋まりましたので、最後に近況をご報告して、終わりにしたいと思います。

　最近の私は、愛犬の調子が悪いので、せっせと動物病院へ通っております。引きこもり体質なので、少しでも外に出ると、帰ってきたらぐったりしてしまうダメっぷりです。

　外で働いていた時代もあるのですが、今思うと、こんな引きこもり体質で、よく続いてたな……と！

　そして当時のことを思い出すと、反動で休みの日は寝込んでました。一日中寝て半分以下の体力を取り戻し、また働きに行く……という感じでした。もう休日の前の日は、生きる屍です。本当に外出苦手です！

　ちなみに今の方が労働時間は長いのですが、自宅にいられる&愛犬と一緒にいられるのと、大好きなことをしているので、元気に働けています！　むしろ働きたい気持ちでいっぱいです。この仕事を続けられているのも、こうして本を読んでくださる皆様やこの本を作るにあたって協力してくださっている担当様、出版社様、関係各所の皆様のおかげです。ありがとうございます。日々、感謝を忘れず、これからも面白い本を作っていけたらと思っていますので、どうかよろしくお願い致します。

　それでは、またどこかでお会いできましたら嬉しいです！　七福さゆりでした。

七福さゆり

嘘を吐く悪い子には、仕置きが必要だな

定価：580円＋税

私の大好きなお義兄様
〜潔癖公爵の独占愛〜

七福さゆり　ill.田中 琳

初めて会った時から、義兄のギルバートを慕っているアリスは、彼から「義妹」として子ども扱いされていることが不満。思い余って媚薬を飲ませて関係を進展させようとするが、誤って自分が飲んでしまう。「身体が疼くのなら、俺が慰めてやる」熱く火照る身体を、ギルバートの指や舌に淫らに蕩けるように愛撫され、アリスは純潔を捧げてしまい……!?

原稿大募集

ヴァニラ文庫では乙女のための官能ロマンス小説を募集しております。
優秀な作品は当社より文庫として刊行いたします。
また、将来性のある方には編集者が担当につき、個別に指導いたします。

◆募集作品

男女の性描写のあるオリジナルロマンス小説（二次創作は不可）。
商業未発表であれば、同人誌・Web 上で発表済みの作品でも応募可能です。

◆応募資格

年齢性別プロアマ問いません。

◆応募要項

・パソコンもしくはワープロ機器を使用した原稿に限ります。
・原稿は A4 判の用紙を横にして、縦書きで 40 字 ×34 行で 110 枚 ~130 枚。
・用紙の 1 枚目に以下の項目を記入してください。
①作品名（ふりがな）/②作家名（ふりがな）/③本名（ふりがな）/
④年齢職業 /⑤連絡先（郵便番号・住所・電話番号）/⑥メールアドレス /
⑦略歴（他紙応募歴等）/⑧サイト URL（なければ省略）
・用紙の 2 枚目に 800 字程度のあらすじを付けてください。
・プリントアウトした作品原稿には必ず通し番号を入れ、右上をクリップなどで綴じてください。

注意事項

・お送りいただいた原稿は返却いたしません。あらかじめご了承ください。
・応募方法は必ず印刷されたものをお送りください。CD-R などのデータのみの応募はお断りいたします。
・採用された方のみ担当者よりご連絡いたします。選考経過・審査結果についてのお問い合わせには応じられませんのでご了承ください。

◆応募先

〒100-0004　東京都千代田区大手町 1-5-1　大手町ファーストスクエアイーストタワー
株式会社ハーパーコリンズ・ジャパン　「ヴァニラ文庫作品募集」係

虐げられ令嬢は
完璧王子に愛されて幸せを掴む
～婚約破棄からの逆転花嫁～

Vanilla文庫

2024年1月20日　第1刷発行　定価はカバーに表示してあります

著　者　七福さゆり　©SAYURI SHICHIFUKU 2024
装　画　Ciel
発行人　鈴木幸辰
発行所　株式会社ハーパーコリンズ・ジャパン
東京都千代田区大手町1-5-1
電話　04-2951-2000（営業）
0570-008091（読者サービス係）
印刷・製本　中央精版印刷株式会社

Printed in Japan ©K.K. HarperCollins Japan 2024 ISBN978-4-596-53431-6